14873

Cosaque et Czar

14873

COSAQUE ET CZAR

Grand in-8° 3° série.

— Ils nous gagnent de vitesse, Walter, et nos chevaux sont presque épuisés; ils seront bientôt à portée de fusil!

DAVID KER

COSAQUE ET CZAR

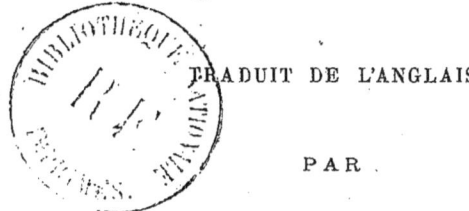

TRADUIT DE L'ANGLAIS

PAR

Le Capitaine H. LE DIEU

Ouvrage orné de gravures.

PARIS

rue des Saints-Pères, 30

J. LEFORT, IMPRIMEUR, ÉDITEUR

A. TAFFIN-LEFORT, Successeur

rue Charles de Muyssart, 24

LILLE

COSAQUE ET CZAR

CHAPITRE I

Une course pour la vie.

— Ils nous gagnent de vitesse, Walter, et nos chevaux sont presque épuisés ; ils seront bientôt à portée de fusil !

— Alors, je passe l'enfant devant moi, il vaut mieux qu'ils m'atteignent qu'elle.

Ces mots s'échangeaient au déclin d'une soirée sombre et menaçante du printemps à peine commencé de 1704.

La scène était cette vaste plaine qui s'étend des monts Carpathes jusqu'à la mer Noire, et que les cartes désignent maintenant sous le nom d'Ukraine.

Les interlocuteurs semblaient Anglais, d'après leur langage ; c'étaient un homme de haute taille et un garçon de quinze ans ; tout en galopant ventre à terre au travers la plaine, ils jetaient à chaque instant des regards en arrière, comme si on les poursuivait.

Ils étaient en effet poursuivis par un ennemi aussi féroce, aussi infatigable que les loups de ces déserts.

Assez loin en arrière, mais s'élançant de l'avant comme un tourbillon, on distinguait une troupe d'une cinquantaine de cavaliers dont les têtes en forme de pain de sucre, les petits yeux louches, la conformation de singe n'étaient que trop connus de tout Polonais ou Russe sur la frontière de l'Ukraine, dans ce siècle tourmenté.

C'étaient les Tartares redoutés, dont la réputation est encore proverbiale maintenant, et dont le *khan* (prince) était alors maître de toute cette vaste région, qui est maintenant la Russie méridionale.

Les Tartares étaient montés sur des chevaux minuscules, tout nerfs et infatigables comme eux ; ils étaient armés de sabres courts, recourbés comme des faux ; comme complément, plusieurs d'entre eux portaient de longs fusils persans, bien que les autres se contentassent encore des arcs et des flèches avec lesquels leurs ancêtres avaient conquis toute la Russie, cinq siècles auparavant.

La poursuite touchait évidemment à sa fin, et il était facile de deviner quelle serait cette fin, puisque les chances étaient cinquante contre deux.

Les fugitifs n'avaient pas même la ressource d'alléger leurs chevaux fatigués « en jetant du lest » car le seul bagage qu'ils semblaient avoir avec eux consistait en une petite fille d'à peine cinq ans, perchée derrière le garçon, auquel elle était attachée par une forte ceinture.

On voyait qu'elle n'était pas sœur de Walter ; car ses longs cheveux foncés, ses joues d'un brun mat et ses grands yeux noirs n'avaient rien de commun avec la chevelure blonde et la face rose du jeune homme. Mais eût-il été son frère jumeau, il n'aurait pas pu être plus tendrement préoccupé de la sûreté de l'enfant, car, à mesure que ceux qui les poursuivaient se rapprochaient, il la faisait tourner et la mettait devant lui, comme pour lui servir de bouclier contre les balles qui allaient bientôt siffler autour d'eux. Mais cette opération le forçait à ralentir sa vitesse et facilitait l'approche fatale des ennemis.

Dzimm.... un coup de fusil Tartare retentit, suivi d'un hurlement perçant poussé par les sauvages poursuivants.

Le but trop lointain ne fut pas atteint par la balle ; mais, quelques instants après, on entendit un autre coup de feu, puis un autre, et un autre successivement.

Mais bien que les héros de récits, aussi dignes de confiance que *Robert le sanglant de la Barranca et le voleur rose de la Montagne Bleue*, vous abattent un homme ou un animal le plus aisément du monde tout en galopant ventre à terre, il n'est pourtant pas facile d'exécuter le même tour de force soi-même ; quiconque a essayé de le faire, peut en être juge. Comme les Tartares tiraient sur un objet mouvant, et que leur mouvement était plus rapide encore, ils n'atteignirent rien que le gazon de la prairie.

— Vous ne les laisserez pas me faire mal, Walter ? disait la petite fille en français, tournant la tête pour regarder plaintivement son protecteur quand les cruels coups de feu retentissaient en se suivant rapidement.

— Ils ne te toucheront pas, Natalie chérie, répondait Walter dans le même langage, avec autant de gaieté que jamais, quoique intérieurement son cœur vaillant battît d'une angoisse mortelle.

Et alors, comme il se baissait pour l'embrasser, la pauvre petite figure effrayée se calmait aussitôt sous l'influence du ton affectueux et du regard franc et intrépide du jeune homme.

A ce moment, l'Anglais s'écria d'une voix profondément émue :

— Dieu soit loué !

Et il indiqua à son fils un sillon brillant qui se trouvait

à quelque distance devant eux. Ce sillon, teinté par le reflet rougeâtre d'un coucher de soleil sinistre, traçait une ligne de feu au milieu de cette plaine interminable et grisâtre, qui paraissait maintenant plus vaste et plus désolée que jamais, sous les ombres hâtives de la nuit.

Ce sillon luisant était le Dniester, une des trois grandes rivières de l'Ukraine ; s'ils pouvaient la traverser, ils étaient hors de poursuite.

Mais pourraient-ils jamais l'atteindre ? Chaque fois qu'ils jetaient un regard d'envie sur la rivière distante, elle semblait plus éloignée ; et leurs splendides chevaux arabes, quoique de race sans rivale dans le monde pour la vitesse et le nerf, étaient visiblement presque à bout. La ténacité féroce des poursuivants usaient les forces et l'ardeur des poursuivis, et les Tartares enfin étaient bien à portée de fusils.

Dzimm! dzimm! deux nouveaux coups de feu partirent ; une balle effleura l'épaule de l'Anglais, tandis que Walter sentit comme quelqu'un qui voulait lui arracher son haut bonnet de fourrure. Il leva la main et sentit une balle dans le feutre !

Au même moment retentit un troisième coup de feu qui, passant sous le bras levé de Walter, érafla la joue de la pauvre petite Natalie qui commença à pleurer amèrement, autant de crainte que de douleur.

Le père et le fils n'avaient fait que rire de leur propre péril, car maintes fois ils avaient tous deux affronté un danger aussi terrible que celui-ci ; mais quant à la blessure reçue par l'enfant sans défense qu'ils protégeaient, c'était tout différent, aussi les deux belles physionomies s'assombrirent-elles, revêtant cette expression farouche habituelle à l'obstiné Anglo-Saxon quand il est complètement réduit aux abois.

— Je dois faire quelque chose pour arrêter ces coquins,

ou c'en est fait de nous, murmura le plus âgé des étrangers entre ses dents serrées ; et, tournant son cheval vis-à-vis les poursuivants, il poussa un cri particulier ; instantanément la noble bête s'arrêta immobile comme le roc, tandis que, détachant son fusil, le cavalier épaula, visa et fit feu avec la rapidité d'un tireur exercé.

Le Tartare qui se trouvait au premier rang, celui-là même qui avait blessé l'enfant, pensant que son coup avait été fatal, jeta un cri de triomphe sauvage qui se changea soudain en un hurlement de douleur, car il tomba de cheval, tandis que la bête, dont l'oreille avait été légèrement coupée par la même balle qui avait frappé le conducteur, poussa un cri de rage et commença à ruer et à se cabrer si violemment que les autres chevaux, en dépit des coups furieux de leurs cavaliers, furent comme pris de la même panique, et commencèrent à faire des bonds si impétueux et si violents qu'ils mirent le désordre dans la troupe entière, et, pour un instant, interrompirent la poursuite.

Les sauvages poussèrent un cri retentissant où se mêlaient la fureur et l'étonnement ; car ils n'avaient jamais songé que les deux hommes auraient osé se mesurer contre cinquante ; aussi en voyant les fugitifs s'arrêter, ils avaient pensé que ceux-ci abandonnaient la lutte.

Ils ne savaient pas encore que (comme Lucknow et Cawnpore l'ont démontré) les Anglais ne sont jamais plus à redouter que lorsqu'ils sont en petit nombre, et apparemment sans espérance de salut.

Pendant ce temps-là, Walter avait passé son fusil à son père ; celui-ci visa avec assurance sur un homme de haute taille, que son vêtement, d'une richesse toute barbare, faisait remarquer parmi les poursuivants ; au même moment, ce dernier le couchait également en joue.

Les deux coups partirent ensemble : un lambeau d'étoffe

était arraché à la manche de l'Anglais ; mais le Tartare, en
même temps, agitait ses bras en l'air et tombait lourdement
sur le sol.

Pour un moment, tout fut confusion parmi ces sauvages
cavaliers, car c'était le chef de leur troupe qu'avait abattu ce
dernier coup de fusil ; sa chute fit faire halte à toute la bande ;
quelques-uns mirent pied à terre pour enlever le blessé, tandis
que d'autres arrêtaient leurs chevaux pour voir si le coup
était mortel.

— Maintenant, Walter, mon garçon, dit le père, en faisant
faire demi-tour à son cheval, ventre à terre ! encore un temps
de galop !.... pour la vie !....

Et les vaillants coursiers reprirent leur carrière comme
s'ils ne faisaient que partir. On eût dit qu'ils sentaient qu'un
refuge était proche, et ils prodiguaient les efforts pour
l'atteindre.

Mais il paraissait plus que douteux qu'ils pussent y parvenir,
même maintenant ; car ils avaient à peine fait un quart de
mille que le hurlement de loup, qui est le cri de guerre des
Tartares, s'éleva derrière eux de nouveau, mélangé au craquement de coups de feu irréguliers.

— Si elle était seulement en sûreté, murmura Walter, jetant
un regard désespéré sur la figure ensanglantée de la pauvre
petite Natalie, puis sur la tourbe de démons qui s'approchait
rapidement ; il savait bien que le passe-temps favori de ces
barbares était de lancer et relancer un enfant sur la pointe de
leurs piques.

Mais le père, même alors que la mort le talonnait, ne regardait jamais en arrière. Il tenait l'œil fixé sur la rivière en face
d'eux, dont le miroitement était de plus en plus visible, malgré
l'obscurité croissante.....

Et maintenant, ils passent de vive force au travers le fouillis
enchevêtré de broussailles et d'herbes sauvages qui bordent la

berge rocheuse; puis ils gravissent avec effort la berge elle-
même, ils en atteignent le sommet et regardent de là la rivière
coulant à leurs pieds.

Ils tressaillent simultanément et se jettent un regard significatif, silencieux et triste.

Ils avaient bien raison ! La fonte prématurée des neiges du
nord, au milieu desquelles la grande rivière prenait sa source,
l'avait changée en un torrent impétueux ; cette sorte de cata-
racte descendait avec fracas entre les rives escarpées et ro-
cheuses avec une fureur qui aurait pu balayer une armée et
que tout cavalier isolé, quelque hardi qu'il fût, n'eût pas osé
affronter.

Mais ils savaient que, même une mort dans ces eaux fu-
rieuses, était une grâce, comparée à celle qui les attendait de
la part des Mahométans féroces, dont le plaisir favori dans
une expédition aventureuse, était de torturer jusqu'à la mort
les chrétiens qu'ils faisaient prisonniers. Ils échangèrent de
nouveau un regard plus expressif encore; puis, sans un mot,
chevaux et cavaliers plongèrent dans la rivière folle, tourbil-
lonnèrent comme des brins de paille, entraînés par le courant.

Ceci semblait de la folie, et pourtant c'était le résultat d'un
calcul profond. La dernière lueur du soleil couchant, perçant
la brume naissante, avait éclairé toute la surface du torrent
gonflé, et montré à l'œil clairvoyant de l'Anglais un petit îlot
couvert de buissons, placé au centre, et vers lequel un courant
coulait obliquement, avec une force considérable, de la berge
du sud.

Saisir ce courant, et, par ce moyen, gagner l'île ; puis
défendre cette forteresse naturelle contre leurs ennemis impitoyable, si ces derniers tentaient le passage : tel était le plan
audacieux de cet homme hardi ; et son fils et lui s'en tirèrent
vaillamment. Le premier plongeon dans ce torrent glacial fut
aussi froid, aussi saisissant que l'étreinte de la mort elle-même.

Devant cette vertigineuse poussée, hommes et chevaux n'étaient rien ; et, emportés par le flot, les deux hardis cavaliers ne pouvaient que se laisser entraîner, en gardant autant que possible le milieu du courant qui les balayait vers l'île où ils seraient en sûreté.

Mais maintenant, alors que tout semblait aller bien, les malheureux fugitifs étaient menacés par un nouveau péril effrayant.

Le long de la rive qu'ils venaient de quitter, apparurent, comme des fantômes se découpant sur le ciel sombre, un essaim de figures diaboliques, et ils entendirent distinctement des cris aigus d'étonnement et de rage, à travers le silence lugubre et effrayant.

Alors une lueur soudaine déchira l'obscurité ; des coups de feu répétés retentirent tandis que les balles faisaient jaillir l'eau tout autour d'eux comme une averse de grêle.

— Oh ! que c'est froid ! dit Natalie en frissonnant, tandis qu'une balle perdue qui avait failli trancher le fil de sa frêle existence lui lançait au visage un jet glacé.

Mais il faisait maintenant si sombre qu'il était impossible de viser sûrement ; les fugitifs allaient bientôt être hors de portée des armes encore primitives de leurs ennemis, quand le père de Walter fit une découverte qui glaça d'effroi son cœur intrépide.

Les chevaux surmenés faiblissaient, au moment même où faiblir était la mort pour tous !

S'ils pouvaient seulement continuer à nager vigoureusement pour biaiser vers la gauche, pendant que le courant les faisait tourbillonner vers l'îlot, ils en gagneraient le rivage et seraient sauvés ; mais s'ils étaient poussés au delà, c'en était fait d'eux.

Rapide comme la pensée, le père glissa de sa selle, et se laissa flotter à côté de son coursier, en se retenant au pom-

— En attendant, frères, asseyons-nous près du feu et soyons amis. (Page 22.)

meau de la selle, Walter fit de même, après avoir dit à
Natalie « de se cramponner au cheval des mains et des
dents; » et les vaillantes bêtes, visiblement soulagées par
cette diminution de poids, réunirent ce qui leur restait de
forces dans un élan désespéré pour atteindre l'îlot auquel
elles touchaient presque.

Pendant un moment, on eût dit qu'elles allaient malgré
tout être emportées au delà; et, quand l'enfant pour qui
cette lutte avec la mort n'était rien de plus qu'un jeu nouveau
et très amusant, regarda Walter avec un rire joyeux, le
brave garçon crut que son cœur allait éclater. Mais, au
même instant, il vit le cheval de son père se lever hors de
l'eau, ayant trouvé pied sur un banc de sable qui faisait
saillie; alors, après deux ou trois plongeons et un effort
désespéré, la berge fut gravie, et nos gens, haletants et
ruisselants, se trouvèrent sur la terre ferme, avec leurs éner-
giques coursiers.

— Dieu soit loué! dit avec ferveur l'Anglais. Et maintenant, s'il plaît aux Tartares de venir, qu'ils viennent!
ramasse quelques branches sèches, mon garçon et empile-les
sous ce rocher, pendant que je vois si nos fusils sont restés secs.

À peine avait-il parlé que, du rivage qu'ils avaient quitté,
un son qu'on n'oublie jamais après l'avoir entendu, retentit
comme un roulement de tonnerre.... C'était un cri rauque de
vautour, le hourrah des Cosaques.

— Les Cosaques! s'exclama Walter qui connaissait bien
ce hurlement barbare. Ah! ah! Les Tartares ne nous en-
nuieront plus *maintenant*.

Tout ce qui suivit fut comme un rêve fiévreux et confus :
c'était un fracas de sabots retentissant, la charge effrénée des
chevaux dans la plaine assombrie; on entendait, comme le
roulement lointain de la foudre, les cris sauvages des Tartares
attaqués, à moitié couverts par le bruit d'une fusillade bien

nourrie ; un brouhaha confus de clameurs, de gémissements, de hurlements, de coups de pistolet, de hennissements, de chocs d'armes..., puis un silence effrayant.

Dans l'intervalle Walter et son père, délivrés de toute crainte de poursuite par cette intervention inattendue, avaient allumé un bon feu et placé Natalie à côté, à l'abri d'un rocher qui surplombait le foyer.

Ils s'empressaient maintenant de prendre soin des bêtes fatiguées qui les avaient portés si bravement, quand l'eau bruyamment éclaboussée, puis le renâclement des chevaux et des voix d'hommes s'appelant mutuellement, les avertirent que les Cosaques approchaient à leur tour de l'île et qu'ils n'avaient échappé à une bande de sauvages que pour tomber dans les mains d'une autre.

CHAPITRE II

Un guerrier cosaque.

Mais Walter et son père étaient moins déroutés qu'on eût pu le croire par cette subite occurrence. Tous deux avaient déjà vu assez des mœurs des Cosaques de l'Ukraine pour savoir ce qu'il en fallait attendre, et pour apprécier le rude esprit chevaleresque caché sous la grossièreté barbare et la férocité indomptable de ces sauvages guerriers qui au pis aller, étaient au moins chrétiens, et non mahométans.

De plus, l'Anglais savait bien que sa seule chance était de leur faire face franchement; et, quand le premier des sinistres cavaliers vint, éclaboussant l'eau déjà peu profonde et gravissant la berge escarpée, il fit un pas vers eux, et, étendant la main leur adressa d'une voix claire et ferme leur salut habituel :

— *Zdravstvuite Panové!* (Soyez heureux, Messieurs.)

Ces hommes féroces se regardèrent pour un moment ébahis, puis éclatèrent en un rire sonore, tandis que l'un d'eux, étreignant la main qu'on lui tendait, dit cordialement :

— Qui que vous soyez, oncle (1), vous êtes un guerrier,

---

(1) Ceci est encore une qualification commune en Hongrie et en Ukraine quand on s'adresse bienveillamment à un étranger.

et digne de chevaucher avec les Cosaques. J'ai vu à distance, comment vous vous êtes arrêté pour tirer sur ces coquins de Tartares, et j'ai tourné bride pour amener à fond de train mes camarades à votre aide ; et, Dieu soit loué nous sommes venus en temps ! De quel pays êtes-*vous*, je vous prie ?

— Je suis *Anglichanin* (Anglais), appelé Yakov Andreievitch (Jacques-fils d'André), dit l'étranger donnant selon l'usage russe, son prénom et celui de son père.

— Un Anglais, répéta le Cosaque, qu'est-ce que ces gens là ? Je ne les connais pas.

— Moi, bien ! cria un de ses camarades avec un air de supériorité ; j'en ai vu quelques-uns à Tsargrad (Constantinople) quand j'étais prisonnier chez les *Basurmani* (païens). Ce sont des gens à cheveux roux qui demeurent dans des vaisseaux et ne viennent jamais à terre si ce n'est pour s'enivrer.

— Pas toujours, j'espère, dit l'homme qui s'appelait Jacques, souriant d'une description à laquelle la conduite du matelot anglais à cette époque, dans les ports du Levant, ne donnait que trop de fondements, je ne suis pas buveur, et plusieurs de mes compatriotes ne le sont pas davantage.

» Mais où est votre *ataman* (chef) ? Je le verrai avec joie assis près de mon feu de campagne.

— Que parlez-vous d'atamans ? cria un autre Cosaque ; le *Badko* (Petit Père) lui-même est avec nous, et il viendra lui-même ici, aussitôt qu'il aura réuni nos frères et dépouillé les corps de ces chiens de Tartares (1).

— Bien, dit Jacques, il sera le bienvenu. En attendant, frères, asseyons-nous près du feu et soyons amis.

Les Cosaques obéirent très volontiers ; réunis autour de la flamme riante, ils formaient un groupe pittoresque et fantas-

(1) *Badko* (Petit Père), nom que les Cosaques et diverses peuplades slaves donnent à leur chef suprême.

tique qui, éclairé par la lueur rougeâtre du feu, aurait charmé
l'œil de tout peintre. Leurs brillantes tuniques rouges, souil-
lées de poussière et de poudre, leurs ceintures de riche soie
persane multicolore, alourdies par des pistolets et des dagues
garnies de pierreries ; les sabres à poignée d'argent qui se
balançaient bruyamment à leur côté ; leurs hauts bonnets
d'astrakan bordés d'écarlate ; leurs larges pantalons de velours
ou de drap cramoisi, tachés çà et là de goudron pour marquer
le mépris qu'ils faisaient de la richesse de l'étoffe, et entassés
dans leurs bottes montantes jusqu'aux genoux, garnies, par
vanité barbare, de talons d'argent massif, tout cela était
indescriptible. Mais plus frappantes encore étaient leurs physionomies sombres et sauvages, aux yeux étincelants, aux
moustaches épaisses, qui apparaissaient et s'évanouissaient
comme des fantômes, quand la flamme changeante allait et
venait.

Walter avait vu plus d'une troupe de cavalerie cosaque dans
la Pologne méridionale, mais un groupe comme celui-là,
aperçu à la lueur du feu, avec les roches sombres et la vue
lointaine du tourbillon des eaux comme fond de tableau,
c'était du nouveau, même pour lui, et quand quelques-uns
de ses nouveaux amis, ôtant leurs bonnets humides, découvrirent leur tête rasée, leur long *khokhol* (queue de cheveux),
d'où leur venait le surnom donné encore à leurs descendants
dans la petite Russie, son admiration ne connut plus de
bornes et il se rapprocha d'eux pour les voir plus à son
aise.

— Eh ! quel est ce jeune moineau ? cria un vieux Cosaque
grisonnant, considérant avec étonnement la figure lisse et
fraîche qui se détachait maintenant en pleine lumière du foyer.

— Un jeune moineau vaut pour le moins un vieux corbeau,
répliqua l'adolescent.

Cette allusion piquante à la voix rauque et enrouée du

vieux farceur excita le rire approbateur et retentissant de
ces grands enfants sauvages dont l'humeur était joviale,
quoiqu'ils vinssent de faucher des hommes comme des
roseaux; et le vieux corbeau rit d'aussi bon cœur que les
autres. Mais à ce moment l'un d'eux, indiquant un point
dans l'obscurité, s'écria :

— Voilà notre père lui-même qui vient!

Comme il parlait, on vit s'avancer dans le cercle formé
par la lumière un homme dont le portrait, s'il existait,
vaudrait son pesant d'or; car ce siècle mouvememté, bien
que riche en hommes fameux, n'avait guère produit de types
qui parlassent plus à l'imagination.

La taille de ce chef dépassait peu celle des gens robustes
là présents; mais il paraissait extraordinairement grand à cause
de la conformation maigre, sèche et nerveuse de son corps
qui ne semblait composé que de muscles et d'os, quoique
chacun de ses mouvements trahît une élasticité de tigre;
ses membres s'étaient développés jusqu'au plus haut point
d'agilité par un demi siècle de guerres incessantes.

Ses traits majestueux, hardis, fortement accusés et bronzés
sans relâche par le soleil et les orages, paraissaient plus
sombres encore dans leur cadre de cheveux blancs comme
neige; mais sa figure, quoique balafrée et tannée, pour ainsi
dire, par les intempéries, conservait encore des traces visibles
de cette beauté qui avait été le don le plus fatal de sa jeunesse. Son expression de gravité méditative et presque sévère
contrastait d'une manière frappante avec l'air jovial et sans
souci de ses sauvages subordonnés. Bref, dans tout cet
homme, il y avait un air de puissance et d'autorité qui le
désignait comme un être né pour commander aux hommes.

Mais l'œil expérimenté de l'Anglais découvrit plus que
cela dans la physionomie du grand guerrier : il y vit ce je ne
sais quoi qui n'a pas de nom et qui marque d'une empreinte

ineffaçable l'homme ayant vu la mort de si près que l'image
en est toujours présente à ses yeux.

— Puisse Dieu vous combler de ses faveurs, mon père !
dit Jacques, en polonais ; car, bien que plus de cinquante
ans se fussent passés depuis que la grande révolte cosaque de
1647-1650 avait transféré l'Ukraine de la Pologne à la
Russie, beaucoup de cosaques adhéraient encore au premier
de ces pays et conservaient son langage et ses coutumes.

— Et vous aussi, répondit le chef cosaque, serrant
cordialement la main de l'étranger.

Comme le vétéran s'asseyait à côté du feu, un jet soudain
de flammes en jaillit, éclairant la mignonne figure de la petite
Natalie, qui, entièrement épuisée, était tombée dans un
profond sommeil.

Les Cosaques, pour qui la présence de la fillette dans cette
région de violence et de mort, était un sujet de plaisanterie
tout à fait nouveau, rirent tout haut, mais leur chef sévère ne
se joignit pas à la risée ; il contempla pendant un moment en
silence le petit visage inconscient, puis s'inclina pour baiser
lentement la joue amaigrie de l'enfant, en murmurant :

— Elle ressemble à quelqu'un que j'ai aimé dans ma
jeunesse et que je ne verrai jamais plus. Dieu la bénisse !

Alors, se tournant vers l'Anglais, il commença à le ques-
tionner sur son aventure avec les Tartares.

Le récit de Jacques fut bientôt achevé :

Gentilhomme royaliste, dévoué à Jacques II, il avait quitté
son pays et tout abandonné plutôt que de trahir son roi. Le
chef fit à ce moment un geste d'approbation.

Après bien d'étranges aventures et épreuves, auxquelles son
fils unique participa, il se trouva à la cour de Pologne. Il y fut
bien reçu et nommé à une charge militaire assez importante ;
mais, ayant eu le malheur d'offenser un des favoris du roi, il
fut envoyé en Turquie avec une mission pleine de dangers qui

semblait combinée tout exprès pour le faire périr. Il revenait cependant sain et sauf, quand. en passant à travers le pays appelé maintenant Roumanie, son fils et lui furent enveloppés dans une émeute soulevée par la populace turque, toujours prête, pour s'amuser, à assassiner tout chrétien à sa portée. Walter et son père se frayèrent un chemin au travers cette racaille, avec Natalie, celle-ci était fille d'un Français resté parmi les morts.

Alors, s'emparant de deux chevaux, ils s'enfuirent vers le nord dans la Tartarie criméenne ; voyageant de nuit et se cachant de jour, ils avaient presque atteint le Dniester ; quand une bande de Tartares maraudeurs les vit et les pourchassa ; on sait avec quel résultat.

— Eh bien, quand les *Lyakhi* (Polonais) veulent tuer un homme, celui-ci ne réussit pas souvent à s'en tirer aussi facilement que vous, dit le vieux chef à la fin du récit, nous autres Cosaques, nous traitons nos ennemis décemment, nous nous contentons de les dresser debout comme une cible, et nous tirons sur eux jusqu'à ce qu'une balle les abatte ; mais, chez ces Polaks, c'est une tout autre histoire ; ils vous rôtissent vivants dans un taureau d'airain, ou vous lient sur un cheval sauvage et vous lâchent dans les steppes pour donner à dîner aux loups et aux corbeaux !

— Eh quoi ! s'écria Jacques, d'un air de dégoût, les chevaleresques Polonais dans les rangs desquels j'ai combattu contre les païens pour la chrétienté commettent-ils ?....

— Oui, dit l'autre en ricanant ; ces *chevaleresques Polonais* peuvent être pires que des païens.

— Eh bien, je n'ai jamais vu de pareilles brutalités parmi eux, dit Jacques avec chaleur ; et vous ?

Le Cosaque sourit, avec l'air de quelqu'un qui va raconter quelque chose d'abasourdissant.

— Je puis dire que j'ai vu la chose, répliqua-t-il, car ils

m'ont lié une fois moi-même de cette façon sur un cheval
sauvage.

— Vous? s'exclama l'Anglais d'un air incrédule; vous
plaisantez !

— A ce moment-là, je ne trouvais pas là de plaisanterie,
je puis vous en assurer; mais si vous doutez de ma parole,
voyez vous-même.

Et, retroussant ses manches, il montra deux terribles
cicatrices tournant et retournant autour de ses bras bronzés,
depuis le poignet jusqu'à l'épaule.

— Il n'y a qu'un seul homme en Europe qui ait survécu à
une telle aventure, dit l'Anglais, tressaillant à cette vue. Êtes-
vous donc alors?....

— Je suis le hetman (commandant) des Cosaques de
l'Ukraine, répondit le vieux guerrier avec orgueil, et mon nom
est *Mazeppa !*

CHAPITRE III

Les Cavaliers sauvages du désert.

« Quand le ciel luit ensoleillé et que les oiseaux chantent gaiement; quand la steppe se couronne de fleurs à la venue du printemps; quand la rivière coule étincelante, délivrée de son vêtement d'hiver, le Cosaque prend son sabre et part au galop pour la guerre! »

Tel était le chant cadencé qui retentissait gonflé par les voix profondes d'une douzaine de robustes Cosaques, occupés à pêcher sur la rive du Dniéper un beau matin de printemps.

Leur refrain résonnait par delà le petit village fortifié qui était le séjour temporaire de Mazeppa.

Sa situation avait été bien choisie : une étroite péninsule, formée par la jonction d'un cours d'eau plus petit avec le Dniéper, était défendue de trois côtés par leurs détours, et du quatrième par un fossé profond et une crête de terre élevée, garnie de pieux pointus; celle-ci était complètement infranchissable pour des cavaliers et difficile à escalader, même pour des fantassins. A l'intérieur de ce rempart, les huttes étaient éparses çà et là, avec un vrai sans-souci cosaque, comme si quelque enfant géant les avait laissées tomber d'une boîte de jouets en les plantant au hasard à l'endroit de leur chute. Elles ressemblaient à ce qu'on voit, même maintenant, sur le Dniéper et le Don, c'est-à-dire à de grossières baraques de planches et d'écorce, entremêlées de petites cabanes en osier tressé, emplâtrées de boue. Chacune de ces demeures était entourée de sa petite *zagorodka* (palissade), dans l'enceinte de laquelle les femmes et les filles de ces guerriers sauvages qui méprisaient toute occupation autre que la guerre, faisaient croître une pauvre récolte annuelle de fruits et de légumes. Tout le dehors de chaque maison était peint de larges bandes vertes et jaunes avec une rayure de vif écarlate autour des portes et fenêtres, car le Slave est aussi amateur de couleurs gaies que l'Africain lui-même, et son mot pour dire « très beau » (*prekrasni*) veut dire naturellement « rouge brillant. »

Au fond de l'enclos, se trouvaient les chars légers dans lesquels les Cosaques transportent leurs familles et leur avoir quand ils entreprennent un voyage plus long que d'habitude ; ils suivent en cela l'exemple de leurs nomades ancêtres. Parmi les petites embarcations, amarrées le long de la rive, se trouvaient trois ou quatre grands chalands grossiers à fond plat qui devaient transporter les chevaux et les hommes de l'autre côté du plus grand cours d'eau.

Précisément à la rencontre des deux rivières s'élevait une petite église de bois, bâtie peu d'années après la conversion de la Russie au christianisme ; elle avait été détruite et reconstruite on ne sait combien de fois pendant les trois siècles douloureux de l'asservissement des Russes aux Tartares. Le plus sauvage des Cosaques même ne manquait pas de s'arrêter au milieu d'une furieuse partie de pugilat pour se signer devant ce bâtiment sacré ; ensuite il recommençait la lutte plus ardemment que jamais. En effet ces guerriers féroces, bien que capables des débauches les plus folles et les plus effrénées, étaient sincèrement pieux à leur façon et ne partaient jamais pour une *razzia* sans recevoir la bénédiction de leur prêtre et prier le Dieu d'amour et de miséricorde (dont ils profanaient le nom à chaque mot de leur conversation ordinaire). Ils lui demandaient alors la grâce de voler et tuer leur prochain.

Walter et son père étaient les hôtes du hetman depuis trois jours, et le jeune garçon avait entendu des lèvres de Mazeppa lui-même le récit de sa chevauchée fameuse, que la poésie, le théâtre et les cirques ont appris à tout jeune Européen.

— Sous ce monticule, dit en déterminant le vieux chef, gît le brave vieux cheval que j'ai enterré de mes mains. Après la course terrible dont je vous ai parlé, j'ai passé avec lui mainte heureuse journée dans l'immensité des steppes, et il est mort la tête sur mon épaule.

» Quand je mourrai, je veux être enterré à côté de lui ; et, comme il m'a servi si bien en ce monde, j'espère que, si je fais de mon mieux pour tuer beaucoup de Tartares et vivre en chrétien, Dieu voudra de nouveau me rendre ce brave cheval dans l'autre monde !

Auprès de ces sauvages cavaliers, le jeune Anglais, gai, hardi, au cœur léger, vivait en favori et tous le proclamaient un *molodetz* (fameux gaillard). Toutefois les cosaques s'étonnaient encore et ne pouvaient s'expliquer comment son père et lui avaient pu se résoudre à encombrer leur fuite du sauvetage d'un enfant (et d'une fille encore !) quand tout homme sensé l'eût jeté à terre et s'en fut allé au galop, content d'être débarrassé. Mais, le vieux stépan (Étienne) Goorko le *yesasool* ou lieutenant de Mazeppa expliqua l'affaire avec le ton d'oracle qui lui était habituel :

— Chaque pays a ses coutumes, mes enfants. Vous ne pouvez pas vous attendre à ce qu'un poisson vole comme un oiseau, ou qu'un cheval grimpe aux arbres comme un ours. J'ai entendu dire effectivement qu'il y avait des contrées où les hommes étaient assez fous pour traiter les femmes comme leurs égales, et je suppose que ces diables hommes n'en savent pas davantage; mais chez nous, gens chrétiens, on mettra toujours une femme à sa place, tant qu'on aura une cravache sous la main !

Cependant, Natalie, heureusement inconsciente de ces critiques peu galantes, sautillait autour du village comme une jeune chatte; car, grâce à l'air pur de la prairie, et à sa parfaite santé, elle ne se ressentait que bien peu de toutes les misères qu'elle venait d'éprouver. Elle n'était jamais fatiguée d'admirer les gentils corsages bleus et les courtes basques écarlates des filles cosaques, ou de jouer avec les brillants *monisto* (chaîne de monnaies d'or) qu'elles portaient au cou; et le troisième matin, au grand scandale des guerriers plus âgés, qui pensaient évidemment que leur «*Batko*» tombait en mauvaise coutume, on trouva l'enfant tranquillement assise sur les genoux du formidable Mazeppa lui-même, et prenant des pommes et des gâteaux dans la main terrible qui avait répandu du sang comme de l'eau.

Dans l'intervalle, le père de Walter était en train d'acquérir un renom d'habile magicien, qui certainement l'eût fait brûler vif deux siècles auparavant. Pas un des Cosaques n'avait encore vu un télescope, et la première exhibition qu'en fit l'Anglais fut ainsi décrite dans un chuchotement terrifié par le jeune Ostap Borodatyi :

« Le magicien étranger prit un bâton, pas plus haut que ma main, et aussitôt qu'il le toucha, cela devint tout à coup aussi long qu'un canon de fusil; et puis alors, il me fit regarder au travers, et je vis, clair comme le soleil en plein midi, trois hommes venant vers moi sur des chevaux noirs; mais quand je l'enlevai de mon œil, ouais! hommes et chevaux, tout avait disparu à l'instant, et je ne pouvais pas plus les voir que je ne vois mes oreilles ! »

L'Hetman (Page 27.)

3

Une autre merveille incontestablement magique aux yeux des Cosaques, fut la carte de l'Europe Méridionale, dressée par Jacques. Le pays sauvage de la frontière, entre la Tartarie criméenne et l'Ukraine, ne figurait guère qu'un espace blanc sur sa surface; mais néanmoins il y avait assez d'endroits marqués dessus pour étonner outre mesure ces maraudeurs ignorants, et, quand ils entendaient leur hôte étranger, décrire avec la plus parfaite exactitude, en jetant simplement les yeux sur ce papier, la position exacte de tous les districts, villes et rivières qu'ils avaient vus dans leurs expositions, ils ne pouvaient assez s'émerveiller du grand *Koldoon* (magicien), qui avait mis tout le pays cosaque, depuis Doobno jusqu'aux confins tartares, sur un petit morceau de papier, pas plus grand qu'un gâteau de Pâques. (1)

Mais ce fut pendant la troisième nuit de son séjour que notre héros accomplit le fait magique le plus inouï.

Deux ardents jeunes Cosaques s'étaient querellés; des mots ils étaient passés aux coups, et l'un de ceux-ci, donné avec le lourd pommeau d'un fouet, frappa d'une telle violence la tête d'un des antagonistes, que ce dernier tomba comme une masse et mort selon toute apparence, tandis que son ancien ami se penchait sur lui tout pâle d'horreur.

En effet, il n'avait qu'une trop juste cause de crainte. Chaque fois qu'un Cosaque en tuait un autre, c'était la coutume d'*enterrer le meurtrier vivant*, dans la même fosse que sa victime; et cette hideuse perspective faisait trembler et pâlir le pauvre garçon qui n'avait jamais craint la mort sur le champ de bataille.

Mais il n'y avait pas moyen d'y échapper, quoique tous eussent pitié de lui, et sussent qu'il était innocent de toute intention de meurtre, ils n'auraient jamais songé à changer

(1) Tous ces incidents sont tirés de mes aventures personnelles, dans le *pays Cosaque.* D. K.

ou violer ce code de coutumes non écrit, qui était plus sacré
pour eux qu'aucune loi.

Déjà une douzaine de bras vigoureux creusaient la fosse fatale
qui devait engloutir le vivant et le mort; Mazeppa lui-même,
qui aurait fait justice, avec autant de rigueur si le coupable
avait été son propre fils, allait précisément envoyer deux forts
gaillards, pour chercher les cordes destinées à attacher le
condamné au cadavre, quand Walter et son père apparurent,
appelés à la hâte par un ami de l'accusé à qui, tout d'un
coup, s'était présentée l'idée lumineuse de sauver son camarade en demandant au grand magicien étranger de ramener
le mort à la vie, car, il était convaincu qu'il pouvait le
faire.

— Place au magicien! crièrent vingt voix à la fois.

Et l'Anglais, s'approchant du cadavre supposé, le trouva
encore chaud, et se convainquit rapidement que l'homme
était encore vivant, et simplement dans un état de syncope,
déterminé par l'effet étourdissant du coup.

Tirant une petite lancette, qui plus d'une fois lui avait été
utile dans ses voyages, il ouvrit une veine d'où coula pénible-
ment une goutte épaisse de sang noir, écumeux, montrant
combien le secours avait failli venir trop tard.

Le patient commença bientôt à donner signe de vie, et le
sentiment populaire, au sujet de cet apparent miracle, était
bien exprimé dans le récit qu'en faisait le vieux Goorko à un
compagnon qui ne l'avait pas vu :

— Tu vois frère, quand Mike fut tué par ce fameux coup,
le *Tchort* (Esprit mauvais) entra en lui pour l'empêcher d'être
ramené à la vie, afin que l'on tuât aussi le pauvre Taraska.
Mais le malin fut joué malgré tout, car voilà que surgit le magicien; il ne fit que toucher le cadavre avec une sorte de talisman,
et à l'instant le démon sortit sous la forme d'un limaçon noir; et,
en moins de temps que vous n'avaleriez une saucisse, l'homme

mort sauta sur ses pieds et commença à causer comme si de rien n'était !

Mais, en dépit du respect que commandaient ces faits extraordinaires, et, précisément parce que le père comme le fils étaient reconnus pour aussi bons cavaliers et tireurs que les meilleurs guerriers de Mazeppa, nos héros n'étaient pas complètement populaires. Ils laissaient voir leur désapprobation quand les Cosaques se vantaient de torturer des captifs sans défense, et de rejeter des femmes et des enfants à la pointe de leurs lances dans leurs demeures embrasées ; puis, ce qui était pis encore, on ne pouvait persuader à ces étrangers de goûter aucune liqueur forte !

Un des plus jeunes Cosaques demanda innocemment à notre jeune garçon de quinze ans depuis combien de temps il avait cessé de boire ; et, comme le brave Walter répondait avec indignation qu'il n'avait jamais été ivre dans sa vie, le sauvage le regarda avec une sorte de pitié mélangée d'horreur ; et lui dit avec compassion :

— Tu n'as jamais été ivre ! Pauvre garçon ! Tu peux bien remercier Dieu de ne pas savoir combien tu as perdu ! (Ce fait est réel.)

— Ils nous considèrent comme des poules mouillées parce que nous ne voulons pas nous ravaler au niveau des bêtes ! s'écria Walter avec humeur, en racontant l'incident à son père.

— Ce n'est pas chose rare dans ce monde-ci, mon cher garçon, dit ce dernier avec un sourire tranquille ; mais au moins, sommes-nous heureux d'avoir atteint un endroit où l'on n'a jamais entendu parlé de la mise à prix sur la tête du rebelle et conspirateur notoire, Jacques Scobell, et celle de Walter son fils, et où cette proclamation, si elle avait été connue, n'aurait produit aucun effet.

Le quatrième matin, Scobell et son fils flânaient le long de la rive, quand on entendit une sentinelle, postée sur le toit de l'église, pousser un long cri aigu, qui signalait habituellement l'approche de quelqu'un vers le village. Le toit de l'église était un beffroi admirable, car son élévation, quoique légère, commandait une vue tellement illimitée sur la plaine d'alentour, qu'un bel esprit cosaque disait avec quelque apparence de raison à son compagnon de garde de « se mettre de côté pour lui laisser voir ce qu'on faisait à Moscou. »

Dans cette région et ce siècle-là, tout homme était un ennemi jusqu'à ce qu'il eût donné la preuve du contraire ; les Cosaques n'eurent pas plutôt entendu crier qu'une troupe de cavaliers approchait, qu'ils volèrent seller leurs chevaux, saisir leurs fusils et leurs sabres, aussi joyeusement que des écoliers se préparant à une partie de jeu de paume. Mais, tout à coup, l'homme de garde cria à toutes forces :

— Pas besoin, mes gars, ce sont nos frères, avec Dardo à leur tête !

A ce nom, Walter tressaillit ; car Dardo était le seul fils de Mazeppa, et l'adolescent avait tant entendu parler de ses prouesses et de ses aventures sauvages, qu'il s'écarquillait les yeux pour discerner au loin le cavalier. Celui-ci dévorait l'espace avec une allure que seul le Cosaque pur sang de l'Ukraine pouvait conserver égale en vitesse tantôt dans la plaine, tantôt dans les marécages boueux, tantôt dans l'enchevêtrement d'herbes sauvages, dures comme le jonc, qui s'élevaient jusqu'aux épaules des chevaux.

Le chef de ces nouveaux venus qui devançait de beaucoup les meilleurs cavaliers, ne s'embarrassa nullement pour entrer dans l'enclos par la porte, mais, comme par pure bravade, il dirigea son cheval vers la petite rivière, la passa à la nage et, gravissant l'escarpement à pic qui la bordait et qu'un fantassin eût escaladé avec peine, il sauta dans le retranchement au milieu des cris approbateurs : « Bien réussi Dardo ! » qui lui souhaitèrent la bienvenue.

Walter fut étonné de voir que ce champion renommé, qui tout seul avait tenu tête à trois brigands tartares, avait traversé le Dniéper en pleine crue et fait à cheval plus de cent milles de steppe avec un fer de lance brisé dans le côté, n'était qu'un garçon imberbe, à peine plus vieux que lui ; et il le fut encore davantage quand le jeune Dardo, après avoir échangé quelques mots avec Mazeppa et les plus vieux guerriers, vint avec empressement vers lui, et, l'embrassant dans une étreinte aussi vigoureuse que celle d'un ours polaire, lui donna un baiser sur chaque joue à la vieille manière cosaque, et dit avec affectueuse cordialité :

— Vous êtes un chef et un guerrier, et vous avez combattu les païens, soyons amis !

Et ils furent amis dès ce moment, car la nature sainte et chevaleresque du jeune Cosaque était incompatible avec la jalousie ; il était plutôt content de trouver dans un jeune garçon, et surtout un étranger, son égal, ou à peu près, pour l'équitation, le tir, la natation ou la course.

Il apprit à son jeune ami à manier l'*arkan* (court lasso cosaque), et fut charmé de voir avec quelle prompte facilité « Vladimir Yakovitch » (Walter, fils de Jacques) apprit à s'en servir ; car la vie errante de son père avait conduit Walter jusque dans les plaines de l'Orénoque, où il s'était exercé parmi les meilleurs lanceurs de lasso qu'il y ait au monde.

Quant au maniement du sabre, Dardo, comme on pouvait s'y attendre, était le plus fort, et il montra à son nouveau camarade avec un plaisir d'amateur, un coup tout particulier. Ce coup consistait à faire la feinte de frapper de haut en bas la tête de l'adversaire, et, au moment où celui-ci levait le bras pour parer, de passer le sabre de la main droite à la main gauche, puis de pousser un coup de pointe corps à corps sous le bras levé, perçant ainsi la poitrine à découvert. Malgré la rapidité inouïe que ce tour de force demandait, Walter se l'ap-

propria bientôt, et grande fut la joie des deux amis de voir la
leçon réussie, car ces gais jouvenceaux ne pouvaient pressentir
à quoi elle servirait plus tard.

Mais M. Scobell avait l'œil sur les deux inséparables, et,
quoiqu'il partageât l'admiration de son fils pour ce jeune sauvage si bien doué, il donna à Walter un mot d'avertissement à
son sujet :

— Le jeune Dardo est un brave et beau gaillard, mon
garçon ; mais c'est une erreur de penser, comme le font beaucoup de jeunes gens, que, parce qu'il y a quelquefois des gens
braves, même parmi les voleurs, le vol aussi doive être un bel
acte de bravoure, au lieu d'être, comme de fait, un crime
brutal et lâche. Tu as pu juger par toi-même des boucaniers
de la mer espagnole : certains sots les travestissent en héros ;
tu sais que, *même parmi eux,* on trouve des hommes capables
d'actes généreux et louables, mais aussi que c'est plutôt un
ramassis de brutes ignorantes et scélérates, pour qui la corde
est encore trop bonne. Ces Cosaques aussi font jolie figure
dans les images et les ballades, avec leurs chevaux et
leurs sabres, leurs exploits sauvages, leurs aventures péril-
leuses et leurs batailles meurtrières ; mais que font-ils en
réalité ? Arrêter l'industrie, paralyser le travail honnête, et faire
de leur pays un désert, voilà leur œuvre, car personne n'ose
semer ni planter nulle part près de l'Ukraine, par crainte d'être
victime des incendies qu'allument ces pillards ; et ils font tout
cela, les pauvres fous, sans se faire aucun bien à eux-mêmes,
car tout ce qu'ils gagnent est gaspillé à l'instant en folies
d'ivrognes. Ce sont justement des hommes comme ceux-ci, avec
leur mépris du travail honnête, leur amour du sang et de la
violence, qui empêchent le monde de progresser. Que dirais-tu
s'ils devaient me tuer et m'enlever comme esclave ?

La flamme subite qui passa dans les yeux clairs de Walter
montra ce qu'il pensait à ce sujet.

— Eh bien ! c'est ce qu'ils font à quelqu'un chaque jour de leur vie, et voilà les individus que les gens appellent des héros et célèbrent en chansons et en romans ! Quand nous passerons en Russie, tu jugeras par toi-même quel est le plus grand homme ; le brigand pittoresque qui change les hommes en brutes, ou le réformateur prosaïque qui essaye d'élever les brutes au milieu des hommes.

Les huttes étaient éparses çà et là avec un vrai sans-souci cosaque. (Page 29.

— Alors vous avez décidé de prendre service sous Pierre le Grand ?

— Où ailleurs pouvons-nous aller ?. demanda le père avec un sourire sombre, l'Angleterre a mis notre tête à prix ; la France nous est fermée pour le moment ; nous venons d'être forcés de nous enfuir de Turquie, et nous nous sommes faits des ennemis puissants à la cour de Pologne. Quant à ce jeune

Charles XII de Suède, il ne vaut pas plus qu'un Cosaque ; il
gaspille la vie de ses sujets en projets fous de guerre et de
conquêtes, causant une misère inouïe, sans faire le moindre
bien, même à lui. Aussitôt que Natalie pourra voyager, nous
partirons rejoindre le Czar, seulement, ne dis mot de cela à
personne d'ici.

— Eh bien ! je n'ai toujours rien dit à personne au sujet
de nos plans, parce que je ne savais pas quels ils étaient,
répondit en riant le garçon. Mais pensez-vous donc qu'ils empê-
cheraient notre départ ?

— C'est très possible, car je soupçonne Mazeppa d'avoir
l'intention de rejoindre les Suédois contre les Russes, et, s'il
en est ainsi, il pourrait ne pas nous approuver de nous réunir
aux Russes contre les Suédois.

Mais, en parlant ainsi de Mazeppa, M. Scobell cotait la
finesse et l'ambition de ce digne homme bien en dessous de la
réalité ; il s'en aperçut du reste le soir après souper, quand
la bonne chère eut échauffé le vieux Hetman et l'eut fait parler
avec moins de réserve qu'à l'ordinaire.

— Le czar russe dit que l'Ukraine est *à lui*, cria-t-il, mais
il connaît peu les Cosaques, s'il pense que nous obéirons à
un individu, qui peut *lire et écrire*, ho ! ho ! qui fait perdre à
ses sujets leur temps dans des écoles, des boutiques et de
pareilles sottises, au lieu de se servir de la force que Dieu
leur a donnée pour combattre, pour ramasser du butin,
comme d'honnêtes gens doivent le faire. Si je dois appeler
quelque homme capitaine, ce jeune Suédois Charles est le chef
qui me convient. Avant que sa barbe ne fût poussée, il avait
battu trois rois ; il s'élance à la rencontre du danger et le
foule aux pieds avant qu'il ne puisse l'atteindre.

» Mais, pourquoi obéirions-nous à l'un ou l'autre d'entre
eux ? nous autres Cosaques, nous appartenons à nous-mêmes,
et non à Pierre où à Charles qui se plaisent à s'appeler

empereur ou roi. Qu'ils se brisent les dents l'un sur l'autre jusqu'à ce qu'ils soient épuisés ; et puis, quand ils seront à bout de force, cela pourra être une besogne pas trop difficile pour un homme hardi de se faire roi de toute l'Ukraine, et de faire la nique à la Russie et à la Suède aussi !

Ici il s'arrêta, comme s'il craignait d'en dire trop ; mais il en avait dit assez ; et quand Scobell entendit dire le lendemain matin, que Dardo et une troupe choisie de guerriers cosaques étaient sur le point de partir pour le camp suédois en Saxe, comme alliés de Charles XII, dans sa conquête commencée de la Pologne et son invasion projetée de Russie, il vit tout à coup tout l'artifice du projet de Mazeppa. Si la Suède gagnait la journée, le hetman pouvait réclamer le mérite d'avoir envoyé son propre fils à son aide. Si la fortune favorisait la Russie, il pouvait prouver que personnellement, lui, était resté neutre, et pouvait affirmer que son fils avait agi de sa propre initiative sans l'ordre de son père, tandis que, si la lutte épuisait également les deux pays, il pouvait ériger l'Ukraine en un royaume indépendant pour lui-même, et défier également les deux belligérants.

Mais le jeune Dardo, innocent de ces sombres intrigues, entrevoyait la perspective toute proche de l'action, avec un plaisir qu'il confiait sans réserve à son ami Walter.

— Ce roi suédois est un roi de la bonne espèce, Vladimir ; il combattrait son propre frère plutôt que de ne pas se battre du tout, et, sous *lui*, nous aurons de l'amusement. Venez avec nous, ton père et toi, pour jouir du divertissement !

Walter, avec un tact au dessus de son âge, n'insinua pas que ce roi modèle était l'objet de l'aversion spéciale de son père et renvoya le jeune guerrier à M. Scobell qui dit courtoisement que leur premier soin devait être de mettre Natalie en sûreté et qu'il serait content d'avoir l'escorte de Dardo dans le Nord aussi loin que Kief, où il laisserait l'enfant dans un des cou-

vents de la ville ; après quoi, il pourrait mieux décider des
plans qu'il devrait suivre.

La veille du jour fixé pour leur départ, selon l'usage
cosaque, il y eut une grande fête pour célébrer la *joyeuse occasion*, car tel aux yeux des Cosaques était le départ de leurs
camarades pour un danger certain et une mort probable. Tout
homme qui restait, enviait ceux qui partaient ; et, quand ils
burent la santé du jeune chef, des douzaines de voix de basse
profonde firent écho au toast sinistre (puisse-t-il ne jamais
mourir de sa mort naturelle) ! et cela avec autant d'entrain
que s'ils lui souhaitaient la meilleure fortune du monde.

La petite Natalie maintenant, tout à fait guérie de sa fatigue,
se divertissait outre mesure de tout ce branle-bas et mangeait tout
son comptant des friandises en pâte sucrée *pirojki* (petits pâtés)
d'épais gâteaux sans levain et de *nardeck* (mélasse extraite de
l'écorce du melon d'eau) qu'une demi-douzaine de guerriers
sauvages lui fourraient tour à tour dans la bouche.

Dans l'intervalle, Ostap Borodatyi chantait une ballade guerrière en s'accompagnant sur la *bandoora* aux applaudissements
de tous.

Comme il terminait ; un beau Slave Ruthène de la frontière
autrichienne entonna une chanson réclamée à grands cris, et
qui, bien qu'applaudie chaudement, n'était pas un refrain
cosaque, mais une version arrangée de quelque chant oublié
des brigands forestiers allemands. Ce chant s'était, avec le
temps, propagé dans l'est jusqu'à l'Ukraine ; le voici :

« Laissez le marchand assis à sa table luxueuse et le roi en son brillant
palais ; donnez au ménestrel des mets de choix le jour, et, de nuit, la couche
la plus douce. Ma couche à moi sera le gazon des bois ; mon palais, le ciel
aux claires étoiles ; dans la forêt, puissé-je vivre libre, et que mon lot soit
d'y mourir !

» Le baron demeure dans un manoir princier, les bannières flottent dans
sa salle ; de fiers guerriers suivront son cri de guerre dans le combat rouge

de sang. Au festin comme en bataille, il, est puissant; mais vaine est sa puissance !tant vantée; le seigneur du château est seigneur de jour, mais le voleur est seigneur de nuit!

» Je ne demande pas le domaine d'une tour seigneuriale, je ne demande ni richesse, ni chevance; mais allumez ma torche, donnez-moi une main qui ne sait point faiblir et un cœur qui ne connaît point la crainte! Il y a des voleurs tout revêtus d'hermine, il y a des voleurs sous le velours des cours, mais le voleur qui demeure dans la forêt verte et riante est plus brave et plus hardi que tous ceux-là! »

— Bien chanté, frère, cria l'Anglais; mais n'avez-vous pas omis un vers à la fin?

— Non, dit le chanteur, d'un air embarrassé, je n'en sais .pas d'autre.

— Moi bien, alors, reprit l'autre en souriant et voici!

Alors, saisissant l'air avec une rapidité merveilleuse, il chanta d'une voix riche et veloutée, ce supplément inattendu.

« Je me moque des balles, des piques de sabre; je me moque des dagues et des lances, mais un nœud coulant au bout d'une bonne forte corde est la seule chose que je craigne. Il y a des cols tuyautés, il y a des cols qui tombent avec grâce, mais le col serré de chanvre raide est le plus laid de tous! »

Cette audacieuse parodie, loin d'offenser ces auditeurs sauvages par cette allusion piquante à leur destinée probable, sembla les égayer plus que tout le reste. Un unanime éclat de rire couvrit les derniers mots, et une douzaine de voix rauques crièrent à tue-tête que celui qui pouvait versifier si bien dans une langue qui n'était pas la sienne devait être lui-même un chanteur et un poète et devait donner son contingent au concert.

Scobell le fit en chantant un chant de guerre polonais avec tant d'enthousiasme et de feu que les applaudissements éclatèrent de toutes parts.

Les cris approbateurs furent soudain interrompus par les

rires bruyants des Cosaques qui étaient assis autour de Walter Scobell.

Notre héros venait de terminer son souper, quand un de ses voisins s'écria qu'il ne devait pas terminer sans goûter leur *tvorojka*, et il lui passa un épais gâteau rond comme une grosse brioche. Walter en prit une énorme bouchée, et, à l'instant, un flot de lait caillé jaillit sur son menton, sa poitrine et ses habits, au milieu des fous rires des Cosaques, auxquels le jeune homme s'associa de bon cœur (1).

A ce moment même, sur un signe de Mazeppa, toute la bande fut sur pied d'un seul bond, et, tirant leurs sabres, qui brillaient comme des éclairs d'été, au clair de la lune resplendissante, ils se formèrent en cercle autour du chef et de ses hôtes, les renfermant dans une haie d'acier.

Alors Dardo fit un pas en avant et entonna le premier vers d'un chant qui, un peu modernisé, est encore répété dans l'armée russe. Le ton clair et sonore de sa voix alternait fort agréablement avec le chœur puissant qui semblait ébranler la terre.

DARDO.

Cosaques, Cosaques, fils de la Steppe, qui sont vos pères, dites?

CHŒUR DE COSAQUES.

Nos pères sont les combats qui tonnent au loin, nos pères ce sont eux.

Pendant qu'ils chantaient, ces sinistres convives pleins d'entrain, dansaient en mesure avec la musique, les sabres en l'air, lentement d'abord, puis d'une manière sauvage, féroce, de plus en plus rapide, et, à la fin du couplet, leur terrible cri de

(1) J'ai vu pratiquer cette farce pour la première fois dans une cave habitée par des Tartares de la vallée d'Inkermann près de Sébastopol; mais c'est une plaisanterie favorite dans toutes les parties de la Russie du Sud.

guerre retentissait au travers l'air tranquille comme le hurlement d'un orage.

DARDO.

Cosaques, Cosaques, fils de la Steppe, qui sont vos mères, dites ?

COSAQUES.

Nos mères sont les tentes qui blanchissent la plaine ; ce sont elles nos mères !

C'était à la fin de chaque ritournelle un battement de pied
qui faisait trembler la terre et les yeux des féroces danseurs
lançaient la flamme, tandis que leur sang bouillant circulait
plus rapide dans ces mouvements furieux.

DARDO.

Cosaques, Cosaques, fils de la Steppe, qui sont vos sœurs, dites ?

COSAQUES.

Nos sœurs sont nos sabres aiguisés pour tailler. Voilà nos sœurs à nous.

Au mot de *sabres*, les danseurs faisaient cliqueter leurs armes,
les unes contre les autres, comme dans une vraie bataille, et
les lueurs passagères de l'acier, en éclairant leurs figures sauvages, leur donnaient un air de spectres qui faisait tressaillir.

DARDO.

Cosaques, Cosaques, fils de la Steppe, qui sont vos fiancées, je vous prie ?

COSAQUES.

Nos fiancées sont des fusils bien chargés pour la guerre, voilà nos fiancées,
voilà !

Les Cosaques marquèrent ce dernier vers en déchargeant leurs fusils tous ensemble. La lueur et la détonation firent tressaillir la petite Natalie qui poussa un cri aigu. Alors, comme rendus fous par le brouhaha et le tourbillon de leur danse sauvage, ils jetèrent soudainement leurs armes à terre et tombèrent les uns sur les autres à poings fermés comme des furies; ils n'essayaient pas de feinte de *côté*, mais chaque homme abattait n'importe qui venait à sa portée quel qu'il fût.

Natalie, prenant pour réel ce combat simulé, et pensant que ses amis voulaient effectivement se tuer les uns les autres, poussait des cris plaintifs et ne put être apaisée que lorsque Mazeppa se dressant debout hurla de sa voix terrible : *Boodet* (cela suffira).

A l'instant les coups et le tumulte cessèrent comme par enchantement, et les combattants se retirèrent en arrière avec un franc rire d'écolier en se voyant ainsi mutuellement abîmés. Mais, un moment après, la foule se reforma autour de Scobell et son fils qui se trouvèrent soudain saisis par les poignets et les chevilles, et lancés vigoureusement en l'air, puis rattrapés de nouveau à leur descente par une demi-douzaine de vigoureux Cosaques, pour qui ce compliment était le plus grand que l'on pût faire à n'importe quel hôte (1).

Ceci fait, le jeune Dardo écarta la foule; et s'avançant dans l'espace ouvert, commença à exécuter, au milieu des hourras des spectateurs, une danse cosaque de beaucoup d'effet, très difficile et fort ancienne.

Walter contemplait avec une admiration non déguisée la taille flexible, la souple beauté de tigre du héros de son choix.

---

(1) Ce compliment émouvant fut fait par les Cosaques du Don et à quelqu'un des Grands Ducs impériaux par ses propres soldats, durant la campagne de Khiva, de 1873. Toute la description ci-dessus est empruntée à une fête cosaque effrénée dont j'ai été une fois témoin sur le Don inférieur. D. K.

M. Scobell considéra aussi le jeune guerrier minutieusement pendant quelques instants, puis il dit à voix basse à Mazeppa :

— Il me semble, hetman, que votre fils ne vous ressemble pas beaucoup.

— Et pourquoi? demanda Mazeppa, un peu troublé.

— Je n'en sais rien ; seulement, si vous ne m'aviez pas dit qu'il l'était, je ne l'aurais jamais pris pour votre fils, mais je sais bien de qui je l'aurais pris pour fils !

— Vraiment! cria le hetman, oubliant un moment de rester sur ses gardes, alors vous en savez plus que moi à son sujet.

Cet aveu imprudent apprit à Scobell tout ce qu'il désirait savoir ; il détourna alors la conversation, ne se doutant pas que ce qu'il venait d'apprendre devait être un jour une question de vie et de mort.

CHAPITRE IV

Seul parmi les morts.

— Maintenant, Vladimir, cria Dardo, voici enfin Kief, la cité-mère ; comment la trouves-tu ?

En effet, ils avaient vraiment devant eux le but de leur voyage ; sa vue était agréable et bien venue, après leur longue et fatigante chevauchée ; car aucun bateau de cette époque ne pouvait remonter la poussée violente du Dniéper ; ils avaient dû voyager par terre, et plutôt lentement, à cause de la petite Natalie. De Kaniova jusqu'en vue de Kief, le paysage qu'ils avaient devant les yeux était à peu près tel qu'il est encore maintenant. Des collines sombres, basses, garnies de bruyères, se suivaient en chaînons successifs jusqu'à l'horizon, comme des vagues roulantes, couronnées d'une écume de feuilles agitées, quand le soleil levant les touchait de son feu vivifiant. Çà et là et fréquemment, la falaise était trouée par un vallon profond, étroit et ombragé ; au travers les profondeurs feuillues de ce dernier, un ruisselet tortueux courait étincelant vers le fleuve auquel il devait le tribut de ses eaux. Des groupes innombrables d'îlots boisés laissaient leurs rameaux penchés, se mirer dans le courant uni et large qui coulait dans le bas ; et de petits villages drôlets se laissaient entrevoir comme des enfants timides en émergeant de l'ombre des forêts d'alentour.

Mais la fameuse ville elle-même était bien inférieure à ce

qu'elle est devenue maintenant ; et quoiqu'elle parût d'une magnificence sans égale au simple jeune guerrier des steppes qui n'avait jamais vu qu'une ou deux fois quelque chose de plus grand qu'un village de l'Ukraine, elle faisait une tout autre impression sur Walter Scobell, pour qui les souvenirs de Londres, Paris et Vienne étaient tout frais encore. Tout ce qu'il vit dans la première capitale chrétienne de Russie, c'était une masse de maisons de bois grossièrement peintes, émergeant en désordre d'une mer de boue noire, et accrochées, comme des huîtres, à la base et sur les flancs d'une colline à courbe raide. Le long du sommet de cette colline, bien au-dessus d'un dédale de ruelles étroites, tortues et sales, serpentait le rempart à tours nombreuses de la Lavra (monastère), que les meilleurs guerriers de la Tartarie, de la Turquie et de la Pologne avaient attaquée en vain.

Nos deux exilés errants auraient été à la vérité abasourdis, si une vision leur avait tout à coup révélé ce que la région sauvage qu'ils traversaient deviendrait peu de générations plus tard.

La plaine inhabitée où ils avaient été pourchassés par des Tartares sauvages est maintenant traversée par une ligne télégraphique et un chemin de fer, qui arpentent toute la largeur de la Russie du Sud jusqu'au bord de la mer Noire. Le Dniéper, qui alors roulait ses eaux à travers une immense prairie, sans un sentier et infestée de voleurs, est maintenant vivifié par l'éclaboussure écumeuse et le sifflet des vapeurs qui passent. Précisément en dessous de Kief, son courant large, uni, passe sous les arches d'un vaste pont de pierre et de fer, le plus beau de Russie et peut-être de toute l'Europe ; trois ou quatre express le traversent journellement, poussant vers Moscou ou vers Odessa leur course vertigineuse ; au delà du pont sur la colline riante de Lysaya-Gora, sont comme versés à profusion des coupoles, de vertes tourelles, des jardins en terrasse, de hautes tours blanches, des

La lueur d'une lanterne tomba sur une porte basse et rouillée. (Page 62.)

maisons multicolores, et tout cela, baigné dans la lumière brillante de l'été si court de la Russie, éclate à la vue en un flamboiement fééFrique.

Mais, malgré toutes les merveilles qu'ils avaient vues, les Scobell n'auraient jamais eu l'idée de chemins de fer, de bateaux à vapeur et de télégraphes ; et si quelqu'un leur avait donné une exacte description de Kiel telle qu'on la voit maintenant, ils l'auraient de suite pris pour un fou ou pour un menteur.

Le père et le fils devinrent silencieux et pensifs à mesure qu'ils approchaient du but de leur voyage ; l'homme fait méditait sur leurs plans futurs et l'adolescent voyait avec tristesse arriver le moment de se séparer de son ami Dardo, pour qui, malgré une si courte intimité, il avait conservé une affection aussi forte que celle que le jeune Cosaque nourrissait pour lui. Il se rappelait aussi comment, avant de quitter le village, le fils de Mazeppa, conformément à une ancienne coutume slave bien touchante, était allé dans la chambre qu'il avait occupée dans la maison de son père, et s'était assis là en silence pendant quelques minutes, comme pour jeter un adieu muet au séjour de son enfance (1) ; et le brave jeune Anglais ne se remémorait que trop son étrange pressentiment, pressentiment qu'il ne pouvait ni expliquer, ni secouer et qui lui disait que l'adieu de son camarade était celui d'un homme qui ne reviendrait plus.

La petite Natalié aussi, jusqu'alors la plus gaie de toute la société, cessa son babil joyeux à leur approche de la ville, et sa petite figure, d'ordinaire si épanouie, commença à se faire pensive et triste.

M. Scobell lui avait dit, aussi doucement et affectueusement

_____

(1) J'ai été moi-même témoin de cette cérémonie dans le manoir d'un des plus grands hommes de Russie, et malheureusement, dans ce cas-là, l'adieu fut définitif.

que possible, qu'elle ne pouvait supporter la vie errante et périlleuse qui allait être celle de ses protecteurs ; aussi, elle savait qu'elle devait rester séparée d'eux, jusqu'à ce qu'ils pussent trouver quelque endroit assuré de refuge. Mais dans l'horizon étroit de la vie d'un enfant, toujours remplie par la joie ou le chagrin du moment, ce départ prenait des proportions très vastes et sombres.

Comme ils approchaient de la ville, leur marche fut retardée par des groupes successifs de *moujiks*, paysans russes, hommes, femmes et enfants, qui venaient comme un flot le long de la route conduisant au *Pootol* ou petite ville. Cette route était plutôt un fossé qu'un chemin ; à cause de ses ornières béantes, elle ne valait guère mieux.

— Eh ! quoi donc frère ? cria Dardo à un homme gros et gras ; quelle réjouissance y a-t-il aujourd'hui ?

— Réjouissance en vérité ! grommela l'autre ; le Ciel nous préserve de beaucoup de réjouissances telles que celle-ci !

— Vos oreilles sont-elles bouchées avec de la glue, ami, pour que vous n'ayez pas entendu les nouvelles ? ajouta l'autre homme d'un ton bourru.

— Les hérétiques polonais ont battu nos armées sur la frontière polonaise et nous ont rejetés en Lithuanie, tuant ou faisant prisonniers plusieurs milliers de nos frères. On dit même, (Dieu nous préserve d'un tel malheur !) que ces scélérats sans Dieu veulent envahir la Sainte Russie et prendre d'assaut notre Moscou aux murs blancs, comme les Lyaki (Polonais) l'ont fait il y a cent ans.

— Voyez donc ! voilà tout ce qu'ils ont gagné avec leur Czar qui sait lire et écrire ! se faire battre à plate couture par l'adversaire, chuchota Dardo à l'oreille de M. Scobell d'un air triomphant. Le jeune Cosaque ne pensait pas que l'autre homme, l'adversaire, pouvait aussi savoir lire et écrire, quoique rarement il fît l'un ou l'autre.

Alors, se tournant vers le paysan, il dit tout haut :

— Voici une grave nouvelle, père ; mais peut-être y a-t-il quelque erreur.

— Il n'a pas d'erreur, dit l'autre d'un air morne ; c'est aussi certain que le fait du bienheureux saint Serge qui marcha sur le Dniéper en temps de crue sans se mouiller les pieds ; c'est si certain que le Golova (maire) de Kief a fait circuler des ordres pour faire une supplication publique ; et aujourd'hui tous les *Pravoslavonie* (1) doivent s'assembler dans la cathédrale et prier Dieu d'avoir pitié de notre pays et de le délivrer de ses ennemis.

— Vous avez de la chance Yakov Andreievitch, dit Dardo à M. Scobell ; car si c'est une supplication générale, l'Igoomenya (abbesse) sera certainement au couvent, et je vous la trouverai bientôt. Comme je vous l'ai dit, elle est amie avec nous autres Cosaques, car, mon père et moi, lui avons fait beaucoup d'offrandes ; et, dès que nous la trouverons, nous pourrons lui confier de suite votre petite fillette. Venez donc !

Ils allèrent en conséquence à la cathédrale, aussitôt qu'ils eurent mis leurs chevaux à l'écurie et se furent un peu rafraîchis après les fatigues du voyage ; car les Scobell, portant le même costume que leurs camarades cosaques, pouvaient se mêler à la foule sans être remarqués.

Quoique la cathédrale de Kief fût alors bien au-dessous de sa magnificence actuelle, Walter (qui voyait pour la première fois les cérémonies à effet de l'Église grecque) fut fort frappé de la splendeur pompeuse des robes des prêtres officiants, aux longs cheveux soyeux ; l'architecture slave si originale l'étonnait, comme aussi la richesse des reliquaires en or et en argent. Tout était de nature à faire impression ; la cadence basse et

(1) *Orthodoxes*, nom donné par les Russes à tous les membres de l'Église grecque.

profonde des *Gospodi pomilui* (Seigneur ayez pitié !) et aussi la
flamme de dévotion intense qui éclairait les physionomies
dures des paysans en adoration, pendant que le chœur chantait
l'hymne des suppliants. Celui-ci s'éteignait en un murmure
plaintif sous les voûtes majestueuses.

Mais la congrégation se dispersait, et Dardo, qui avait disparu tout à coup, reparut pour annoncer qu'il avait trouvé
l'abbesse et que, s'ils se hâtaient, ils pourraient avoir le temps
de lui parler, avant qu'elle ne quittât l'édifice.

Scobell se hâta donc de suivre l'avis donné et, après avoir
expliqué en russe (langue qu'il avait apprise quelque peu en
servant sur la frontière polonaise) son désir de laisser Natalie
à la garde de la communauté, il donna rendez-vous pour le
lendemain, à l'effet d'amener l'enfant et de conclure tous les
arrangements nécessaires pour son admission. Ces arrangements cependant ne pouvaient être complétés en un jour ; et,
comme M. Scobell l'avait prévu dans sa perspicacité, l'impatience de Dardo éclata à la simple allusion de nouveaux
délais, et il déclara sans détour que ni lui ni ses hommes ne
pouvaient rester un jour de plus pour faire plaisir à n'importe
qui.

— Nous avons perdu trop de temps déjà, Vladimir, dit-il
en serrant la main de Walter avec force, et il nous faut partir.
Venez après nous aussi vite que vous pourrez ; et si vous ne
nous rattrapez pas en route, nous nous rencontrerons au camp
suédois. Adieu, et surtout n'oubliez pas le coup fourré que je
vous ai enseigné.

Et, à leur grand soulagement, le jeune Cosaque partit, sans
soupçonner le moins du monde que ses deux amis étaient sur
le point de se joindre aux rangs de ses ennemis. Pendant ce
temps-là, il contemplait d'avance avec joie le moment où il
entrerait à Moscou en triomphe, avec son camarade Walter à
ses côtés et le drapeau suédois en tête.

A ce moment chaque homme d'état d'Europe était de l'opinion de Dardo, quant à la certitude de la conquête de la Russie par la Suède. Il n'y avait rien d'étrange à cela, car la Suède était alors réputée comme l'égale de la France et de l'Angleterre, tandis que la Russie était à peine considérée comme une puissance européenne ; et même plus tard, en 1735, longtemps après le travail colossal de Pierre le Grand, un critique aussi clairvoyant que Lord Bolingbroke exprimait carrément, par écrit, la conviction où il était que « l'histoire de Russie n'avait aucun rapport avec la science que doit acquérir un homme d'état pratique anglais. »

A la date de notre histoire, l'empire russe tout entier avait moins d'habitants que l'Angleterre n'en a maintenant. Son armée était une cohue de sauvage mal équipés ; pas de flotte ; et tandis qu'il était faible, il était encerclé de tous côtés par des ennemis puissants.

La surface entière de ce qui forme maintenant la Russie Méridionale était alors occupée par le Turc ou le Tartare. La Suède était maîtresse de la Finlande, de toutes les rives de la Baltique jusqu'à la Néva même. Ses armées invincibles, qui sous Gustave-Adolphe, avaient chassé de l'Allemagne les meilleurs soldats de l'Autriche soixante-treize ans auparavant, étaient prêtes à se déverser dans la plaine sans défense de la Russie Centrale. Ces armées étaient conduites par le brillant jeune roi qui, à dix-huit ans, avait mis en déroute les forces combinées de la Russie, de la Saxe et du Danemark, et dont la carrière n'avait été depuis qu'une série non interrompue de triomphes.

L'après-midi suivante, M. Scobell et Natalie étant allés au couvent, comme il était convenu, Walter partit flâner dans la ville. Il se fraya un chemin à coups de coude à travers la cohue bruyante qui encombrait la grande place du marché ; il jeta un coup d'œil sur les bâtiments du fameux « Séminaire » où était le germe de l'Université de Kief, si célèbre maintenant. Il prit une vue à vol d'oiseau de la basse ville, du haut de la falaise escarpée, où une statue de marbre noir du prince Vladimir marque maintenant l'endroit d'où ce premier souverain chrétien précipita dans le Dniéper l'idole grossièrement taillée de Peroon, le Dieu du tonnerre.

Alors, voyant les grands créneaux blancs du monastère de Petcherski s'élevant au-dessus de lui et s'étendant sur le bord de la plus haute crête, il partit d'un pas rapide pour s'y rendre. Il entra sans opposition, grâce à son costume cosaque, car bien que maintenant les voyageurs de tous pays parcourent la Lavra sans qu'on leur fasse de question, tout étranger était considéré comme *hérétique* en ce temps barbare, et son apparition dans ce saint lieu aurait provoqué autant de remue-ménage que dans une mosquée musulmane.

Et puis, en sortant, il eut pendant deux heures assez de choses curieuses à voir : c'étaient d'énormes et antiques remparts couverts de mousse, avec de lourdes portes aux attaches de fer ; de basses tourelles vertes, d'où les frères lais du douzième s'usaient les yeux sur la plaine du bas pour discerner la première lueur des lances tartares brillant à l'horizon ; des bas-reliefs représentant les saints Byzantins, et apportés là quand Constantinople était encore une ville chrétienne ; il y avait aussi des cloîtres sombres où circulaient sans bruit quelques personnages revêtus de capuchons et de vêtements foncés.

Mais ce qui intéressa le plus Walter furent les curieuses petites églises votives, chacune avec sa coupole dorée et sa façade peinte, son entrée basse, étroite, ses tableaux grossiers, et de petites lampes brûlant devant ; les vêtements sacrés étaient pendus au mur, et l'espace vide au milieu était réservé aux fidèles.

Il regardait encore, avec un intérêt croissant, tout autour

de lui, quand un moine (1) le frôla en passant et descendit la pente qui conduisait à une seconde cour plus bas.

Notre héros n'aurait pas regardé deux fois cet homme (dont la figure épaisse, les sourcils buissonneux, les cheveux roux hérissés, le nez plat, et la grande bouche sensuelle étaient loin d'être attrayants) ; mais quelque chose de sinistre, qui donnait à penser, dans son allure furtive et fouinarde et les coups d'œil perçants et soupçonneux qu'il jetait autour de lui frappèrent du premier coup l'adolescent perspicace.

— Cet homme-là ne médite rien de bon, murmura-t-il ; je vais le suivre et voir ce qu'il veut faire.

La chose était facile ; car, bien que le soleil ne fût pas couché, l'ombre projeté par l'énorme rempart et les bâtiments élevés d'alentour assombrissaient comme un crépuscule la cour profonde et étroite. Grâce à cette demi-obscurité, Walter, profitant de chaque angle de la maçonnerie avait toujours l'œil sur son ami aux cheveux roux, qui ne s'en doutait guère ; il s'arrêta à une porte basse garnie de clous rouillés et pratiquée dans le flanc de la colline qui surplombait la cour.

Comme le moine se baissait pour ouvrir une de ces grandes gourdes de cuir, dont on ne se servait plus guère qu'en Russie, en Italie et en Espagne, un sentiment de dégoût assombrit les beaux traits de Walter ; celui-ci vit la scène de l'enfoncement d'une porte voisine, car il commençait à soupçonner la vérité ;

---

(1) *Note du traducteur.* L'auteur nous donne ici un type assez commun dans le bas clergé russe, qui s'opposait alors généralement aux réformes politiques de Pierre le Grand ; les relations de prélats catholiques illustres et de missionnaires qui ont séjourné en Russie ne citent que trop d'exemples d'ivrognerie, d'ignorance crasse et de vénalité simoniaque parmi ses membres. Certes il y a dans ce clergé schismatique des personnages vertueux et charitables, l'auteur nous en montre un plus loin ; mais la religion dite orthodoxe, ressemble à une branche détachée du tronc d'un arbre plein de sève ; elle ne peut produire les fruits merveilleux de sainteté et de dévouement propres à l'Église catholique. Aussi doit-on désirer ardemment avec le grand Pontife Léon XIII, qui y travaille tant, le retour de toutes les Églises dissidentes à l'unité féconde.

mais il était encore loin de se figurer ce dont le digne personnage était capable.

Le moine entra, laissant la porte entre-bâillée ; Walter se
laissa glisser après lui et se trouva dans un corridor bas et
sombre qui descendait en pente.

Notre héros ne pouvait plus douter qu'il ne fût entré dans
une partie spécialement privée du monastère, où son indiscrète
intrusion pouvait lui coûter cher ; mais il n'eut pas l'idée de
reculer. Il n'avait pas pour rien participé aux chasses en forêt
de son père, et le pas avec lequel il suivait le moine serait à
peine parvenu à l'oreille d'un tigre et aurait bien moins encore
éveillé l'ouïe somnolente d'un homme aviné.

Le corridor se terminait par une petite chambre carrée,
humide, froide et si obscure que la présence de son compagnon
n'était révélée que par le frou-frou de sa robe.

Mais soudain une lumière se projeta dans l'obscurité,
et Walter n'eut que le temps de s'accroupir derrière la saillie
d'un angle, quand la lueur d'une lanterne tomba sur une porte
basse et rouillée qui se trouvait dans un coin ; le Russe se
mit à en faire jouer la serrure, et puis, ramassant une sorte
de bidon à l'huile, disparut sous la voûte sombre.

Ce n'est pas sans un certain frisson que le brave garçon
passa à son tour sous cette ouverture noire, étroite, qui
avait l'aspect d'une tombe ; mais soupçonnant encore cet
homme de quelque vilenie, il résolut de voir l'aventure jusqu'au
bout et il alla de l'avant avec précaution, mais aussi résolû-
ment que jamais.

Que pouvait être cet endroit effrayant, dont l'humidité mortelle l'enveloppait et l'étouffait ? Aucun son n'interrompait le
silence terrifiant, sauf la goutte d'eau, qui s'écoulait du toit
mouillé et gluant.

En bas, sous la lueur pâle et vacillante de la lanterne du
moine, on discernait le sol visqueux et la voûte rocheuse du

haut qui paraissaient et disparaissaient capricieusement au regard comme les fantômes d'un rêve, tandis que les excroissances pierreuses de chaque côté prenaient des formes sinistres et diaboliques, comme des monstres ouvrant la gueule pour dévorer l'intrus qui violait leur solitude. On marchait toujours en avant, au travers un silence mortel et glacial, au milieu duquel, même le bruit étouffé des sandales du moine, résonnait d'une manière surnaturelle.

Pas une chauve-souris ne voltigeait en l'air. La vie n'avait pas de place dans ces cavernes sans soleil des morts, mais celles-ci étaient peuplées néanmoins par des habitants dignes d'elles. La lumière de la lanterne fut soudainement réverbérée par des joyaux et du drap d'or, une forme humaine, haute et imposante, surgit comme par magie, d'une niche de droite. Sa tête était couronnée d'une mître couverte de pierreries, sa robe flottante brillait de splendides broderies ; mais, sous les ornements somptueux, les mâchoires branlantes du squelette étaient toutes grandes ouvertes ; les cavités vides de ses yeux étaient béantes et les doigts osseux du défunt étreignaient une crosse dorée (1).

Et maintenant, à chaque pas, de nouveaux spectres se dressaient de chaque côté, jusqu'à ce que toute la caverne semblât peuplée de squelettes ; et quand Walter vit le moine remplir avec son bidon à l'huile les petites lampes qui brûlaient devant ces sentinelles du tombeau, l'effet prosaïque de cet acte tout ordinaire, au fond de cette région de terreur et de nuit éternelle, soulagea les nerfs trop tendus de notre héros, mieux que tout autre chose n'eût pu le faire. Mais, en vérité, le hardi garçon avait besoin de toute sa bravoure, car jamais encore elle n'avait été mise à une si rude épreuve.

Il voyait avec une horreur inconcevable, que ce qu'il tra-

(1) Ces catacombes existent encore, mais on n'y peut circuler sans lumière et sans un guide expérimenté.

versait, n'était pas une galerie unique, mais un enchevêtrement abasourdissant de tunnels sans nombre percés en zigzags,
qui tombaient les uns dans les autres comme les fils entrelacés
d'une toile d'araignée, sans ordre et sans fin ; et il savait que,
s'il perdait de vue un moment l'ombre du lourdaud qui le
précédait, la mort, sous sa pire forme, serait sa destinée
certaine, parmi les détours de cette horrible labyrinthe dépourvu
de sentiers.

Juste à ce moment, le lampiste s'arrêta, et, fouillant un
coin sombre, il en tira un tonnelet et s'en servit pour remplir
la gourde de cuir qu'il avait apportée avec lui ; puis, comme
incapable de résister à la tentation, il lampa trois ou quatre
longues gorgées, dont la moindre aurait fait tourner une
cervelle moins habituée à cet exercice.

— Faut-il, pensa Walter en regardant avec dégoût le
malheureux qui s'abandonnait à l'ivrognerie en présence même
des morts, qu'il y ait certains types pareils dans le clergé
grec ! Il n'est pas étonnant que le czar éprouve tant de diffi-
cultés à civiliser son peuple avec de tels auxiliaires !

A cet instant, une énorme pierre, se détachant du toit
effrité, tomba avec fracas près du moine et l'étendit à terre,
éteignant la lumière dans sa chute !

Walter lui-même demeura stupéfait à cette catastrophe
inattendue, mais une pensée hideuse qui le fit frisonner
davantage traversa son esprit comme un éclair.

En supposant que cet homme fût réellement mort ou réduit
à l'impuissance, quel serait son destin à lui. Il devait errer
parmi ces sombres catacombes, jusqu'à ce qu'il s'affaissât
pour mourir, ou bien, si les moines venaient à la recherche
de leur frère perdu, ils le trouveraient là, seul avec le
corps. Dans ce cas, il savait bien quel sort l'attendait
sans pitié, comme meurtrier ou comme un intrus sacrilège.

Mais à ce moment même, au grand soulagement de Walter,

Il fourra sa puissante épaule sous le côté de la charrette. (Page 75.)

l'homme contusionné bougea et gémit, puis, se soulevant sur le coude, regarda autour de lui d'une manière égarée.

Alors, soudainement, toute l'aventure sembla revenir d'un seul coup à sa mémoire hébétée, et, sautant sur ses pieds avec un cri sauvage, il saisit une des lampes sacrées pour remplacer sa lanterne perdue et oubliant sa précieuse bouteille, il descendit le corridor en fuyant avec une vitesse qu'une terreur mortelle pouvait seule inspirer.

Mais le pied léger de Walter emboîtait le pas, et heureusement l'homme effrayé ne regarda pas en arrière avant d'atteindre l'entrée du labyrinthe, et, passant au travers comme un trait, il se retourna, comme le devina à l'instant notre héros, pour fermer la porte et le renfermer ainsi seul dans les catacombes!

Il n'y avait pas un instant à perdre. Poussant un hurlement qui aurait pu épouvanter un homme plus hardi que notre ivrogne encore terrifié, Walter sauta sur lui, souffla sa lumière, l'envoya rouler à terre d'un croc-en-jambe adroit, et avec la vitesse d'un cerf qu'on poursuit, il franchit le corridor étroit qui conduisait de la chambre carrée à la porte extérieure.

Il faisait alors tout à fait obscur et la grande porte du monastère allait justement être fermée pour la nuit, quand Walter se faufila prestement dehors, content d'être sorti si bien de sa périlleuse aventure. Mais, en cela, il se trompait car il était loin d'en être au bout. . . . .

. . . .

— Vous reviendrez bientôt me chercher, n'est-ce pas Walter? sanglota la petite Natalie comme elle se pendait au cou du jeune homme à leur départ. Toi et ton père, vous avez été si bons pour moi, et ces gens-là ne sont pas affectueux du tout; ils sont aussi graves, raides et silencieux que des statues et ne paraissent se soucier de moi en aucune façon!

— Prends courage, chérie; nous t'aurons bientôt avec nous

de nouveau, dit Walter, couvrant de baisers la pauvre petite figure en larmes qui se tournait si anxieusement vers lui.

— Et tu auras mon joli médaillon pour toi, cria l'enfant, détachant de son cou le ruban de velours noir qui soutenait un médaillon, dernier cadeau de son père défunt.

Walter fourra le souvenir dans la poitrine de sa veste cosaque; le médaillon y demeura jusqu'à ce que son père et lui ayant fait plusieurs milles de chemin, le jeune homme fut tout à coup, alarmé par la crainte d'avoir laissé tomber le don de sa petite favorite et se décida à chercher, un endroit plus sûr pour le mettre.

— Je suppose que cela ne ferait pas le tour de mon cou, dit-il, étirant le ruban entre ses doigts. Oh! Oh! quelles sont ces choses dures cousues dedans?

— Des choses dures là-dedans? s'écria Scobell. Fais-moi voir.

Il tâta le ruban un moment, puis, déchirant la couture avec son couteau, il y trouva quatre magnifiques diamants.

— Notre petite amie aura donc quelque chose pour vivre, quoiqu'il advienne de nous, s'écria-t-il joyeusement; le pauvre de Malet m'a dit juste avant d'être tué, que toute sa fortune était sur lui en forme portative; et il doit avoir pendu ce bijou au cou de Natalie dans l'espérance que sa fille pourrait s'échapper quelque fût son propre sort.

Je remercie Dieu qu'elle.vous ait donné ce souvenir, car il serait très facile de piller une enfant, tandis que je me flatte que quiconque souhaiterait enlever la fortune de Natalie à ses tuteurs actuels aurait fort à faire. Maintenant, en route de nouveau, car nous sommes encore à une bonne distance de notre logement pour la nuit.

CHAPITRE V

Le Géant dans l'ombre.

— Walter, mon garçon, il y a quelque chose qui va mal en cet endroit !

Ainsi parlait monsieur Scobell à son fils, comme ils entraient à cheval dans un petit village à quelques étapes du nord de Kief, par une après-midi d'avril chaude et ensoleillée.

Quelque chose allait mal en effet ; cela se voyait clairement. Les deux rives droites, larges et poudreuses étaient presque désertes, et les quelques visages aperçus portaient l'empreinte d'une tristesse profonde, contrastant d'une manière lugubre avec la bonne humeur de ce peuple, ordinairement sans souci. Dans le petit hangar en bois à l'enseigne de '' Postoyali Dvor'' qui servait à la fois d'écurie, d'auberge et de taverne pour des voyageurs passagers, le grand aubergiste barbu et vigoureux était aussi étrangement maussade et silencieux, au lieu d'avoir comme toujours une plaisanterie à la bouche et de s'enquérir avec empressement des nouvelles que ses locataires provisoires pouvaient avoir apportées.

Laissant Walter finir le grand bol de thé qui avait été placé devant eux, son père fit un pas en dehors pour regarder autour de lui, afin d'apprendre ce que voulait dire la tristesse universelle. Il ne fut pas longtemps à le savoir. Une foule de

paysans pauvrement habillés, à l'air exténué, était rassemblée.
A leur tête, apparaissaient la robe noire et les cheveux blancs d'un
prêtre, âgé et vénérable, portant un crucifix brillant dans ses
mains élevées au ciel, tandis que le rythme plaintif d'un hymne
russe flottait dans l'air tranquille.

— Qu'est-ce que tout cela, frère? cria Scobell à un paysan
vêtu d'une peau de mouton, qui passait à côté de lui, courbé,
la tête basse, avec le pas lent et lourd de quelqu'un pour qui
l'espérance a cessé d'exister.

— Nous prions pour avoir du secours, mais le secours ne
vient jamais, dit l'homme d'un ton de résignation fatiguée.
Dieu est irrité contre nous, et nous devons souffrir jusqu'à ce
qu'il lui plaise de faire cesser la famine.

— *Famine!* reprit comme un écho le brave anglais consterné, comme il lisait dans les joues creuses et les yeux enfoncés du pauvre homme une sinistre confirmation de ce
mot fatal.

— Oui, elle ravage tout le district maintenant. Nous avons
mis de l'écorce et de la sciure de bois dans notre pain depuis
bien des jours; mais maintenant, le pain lui-même tire à sa fin.
Que pouvons-nous faire? Cela a été écrit ainsi à notre naissance
et on ne peut éviter ce qui doit arriver.

Alors en peu de mots il fit simplement le sinistre récit. Deux
mauvaises moissons en suivant, — le pain devenu journellement plus rare et plus cher, — le blé de semence lui-même
dévoré dans la rage de la faim, — les hommes donnant d'avance
en gage tout leur travail de l'été pour un morceau de pain,
afin de sauver leurs enfants de la mort, — la fuite de tout
ceux qui étaient encore forts assez pour chercher de l'ouvrage
ailleurs, tandis que les autres restaient derrière pour périr,
avec la morne apathie du vrai russe, qui est aussi profondément fataliste que son ennemi le turc peut l'être.

Et, tout le temps qu'il parlait, la cadence plaintive de la

pri ère du peuple continuait à s'élever et à descendre comme le mugissement d'une mer distante, et les pauvres créatures levaient leurs yeux suppliants vers le ciel clair, sans pitié, qui semblait se rire de leur misère (1).

— Notre *stârosta* (bailli du village) est allé à Byéligorod, dit en terminant le paysan, pour prier le gouverneur de nous envoyer quelques vivres ; mais il y a de cela quinze jours et rien n'est venu encore ; si la nourriture ne vient pas vite, il n'y aura personne de vivant pour la manger quand elle viendra !

— Mais, ne pouvez-vous pas avoir de la nourriture de Petrovsk, où nous avons fait halte aujourd'hui ? dit Scobell ; il y a abondance de pain là, de toute façon.

— Cela peut être, grommela le Russe, en haussant ses épaules anguleuses d'une manière significative, mais il pourrait tout aussi bien être là-haut dans le ciel, aussi longtemps que nous n'avons pas d'argent pour le payer !

Précisément alors, une femme hâve, aux yeux hagards, à demi-vêtue, image de la misère et véritable squelette vivant, tenant un enfant décharné, et gémissant dans ses bras ridés, essaya de se prosterner pendant que le prêtre passait devant elle avec son crucifix ; mais elle perdit l'équilibre par pure faiblesse, puis tomba la face contre terre sans pouvoir se relever. Son enfant affamé, couché dans la poussière, continait à pousser de faibles cris plaintifs.

Le vieux prêtre — un de ces hommes nobles, pieux, et nombreux encore, qui rachetaient l'oisiveté et l'ignorance du clergé russe en ces temps barbares — vola à son aide, mais Scobell était déjà là, et, soulevant la pauvre mère amaigrie, il la porta au relais de poste, tandis que le père Pavel (Paul) suivait avec l'enfant.

— Walter, cria Scobell, vide le pain dehors nos sacs, vite !

(1) J'ai été moi-même témoin d'une scène semblable dans la province d'Ovenbourg, en allant en Tartarie.

Sachant par expérience qu'il était inutile de compter trouver des provisions dans les villages par où ils passaient, nos héros avaient eu la sage précaution d'acheter du pain pour trois jours, à Petrovsk, ce matin là, car, pendant ce temps ils espéraient atteindre la ville suivante. Creusant l'intérieur d'un des pains, Scobell prit le plus tendre et l'émietta dans ce qui restait de thé, puis il introduisit cette mie trempée dans la bouche de la pauvre femme en progressant par morceaux plus gros. Pendant ce temps, le prêtre faisait manger l'enfant.

— Et maintenant, père, dit Scobell au vieux pasteur, comme les deux défaillants commençaient à revivre, pouvez-vous monter à cheval? car, en ce cas, je vous demanderais de prendre mon cheval et d'aller avec mon fils à la ville, puis de lui indiquer où il pourra acheter autant de pain que le contenu de cette bourse suffira à en payer, tandis que moi, avec ce bon garçon-ci, montrant l'hôte qui regardait ébahi, nous distribuerons cette nourriture à ceux qui en ont le plus besoin.

— A présent que Dieu te bénisse pour ta charité, mon fils, dit le père Paul avec ferveur. J'irai avec joie; et il peut se faire que je sois en état de traiter à meilleur marché que ton jeune fils ici présent, ajouta-t-il avec une pointe de malice russe; car il y a des hommes parmi nous, c'est honteux à dire, qui vendraient leur pain cher, alors même que leurs frères mourraient d'inanition.

Ils partirent à toute vitesse; car le père Paul, quoique bien peu adroit écuyer, aurait avec plaisir monté un dragon de feu pour soulager la misère de son peuple; la vue des affamés avait presque brisé le cœur tendre du bon vieillard et il s'était épuisé de privations pour les soulager.

Dans l'intervalle, Scobell et l'hôte qui, grâce à sa solide constitution avait été moins affaibli par la souffrance que ses compagnons de malheur, distribuèrent leur approvisionnement de nourriture à ceux qui en avaient le plus besoin; et ils encouragèrent les autres par la nouvelle réconfortante qu'une quantité de vivres plus considérable était près de venir. Cette assurance faisait presque autant de bien qu'un repas réel aux villageois affamés et désespérés.

Les heures se succédaient, le soir inclinait vers la nuit, et les vivres désirés n'arrivaient point !....

De fait, quoique la ville ne fût qu'à vingt et une verstes de distance (environ quatorze milles), les deux messagers, malgré toute leur bonne volonté, ne faisaient que peu de chemin ; car les routes de campagne russes étaient alors plus mauvaises même, si c'est possible, qu'elles ne le sont maintenant ; Walter, dans sa bouillante impatience, rendu comme un fou par la pensée que des femmes et des enfants étaient sur le point de mourir, pendant qu'ils perdaient leur temps en vain, croyait qu'ils n'arriveraient jamais.

Mais même quand ils eurent atteints la ville, les retards ne firent que commencer, car ce n'était pas seulement le pain qu'il y avait à acheter, mais ils devaient louer une légère charrette pour le porter et un homme pour conduire le cheval. Heureusement pour Walter qu'il avait le père Paul avec lui, car, à cette époque, la parole d'un prêtre faisait loi en Russie ; mais ils eurent beau faire, car il faisait presque nuit lorsque le dernier pain fut rangé dans la voiture, et qu'ils retournèrent au village si châtié.

Mais alors, comme si tout allait contre leur charitable entreprise, une lourde ondée éclata sur eux; et, quoique la pluie fût bientôt passée, elle ravina bientôt la route déjà boueuse et difficile à un tel degré que Walter craignit, à part lui, de ne pouvoir jamais la faire franchir par la voiture chargée ! Cette crainte n'était pas sans fondement, car il n'était guère plus qu'à moitié chemin sur la route du village que la roue de droite s'encastra si profondément dans une ornière béante que la voiture demeura immobile, quoique le robuste petit cheval donnât des coups de collier des plus vigoureux pour la dégager, et que Walter, le père Paul et le charretier essayassent de soulever le véhicule en y employant toutes leurs forces.

— Je le prévoyais ! murmura le conducteur dérouragé, que devons-nous faire maintenant ?

— Que faire ! s'écria Walter irrité ; eh quoi, décharger la voiture ; et si nous ne pouvons pas la recharger, alors nous mettrons autant de pains que nous pourrons sur nos chevaux, nous irons avec eux au village, et de là nous vous enverrons du secours.

Mais le charretier semblait avoir presque perdu la tête, étant évidemment bien plus préoccupé des dégâts qui pouvaient survenir à sa charrette que du risque que ses compatriotes couraient ; au lieu d'obéir, il s'assit sans plus d'efforts sur une crête au bord de la route, et gémit.

— O bienheureux saint Nicolas, faites-nous gracieusement miséricorde !

Ces paroles parurent avoir le pouvoir d'un enchantement ; car juste au moment où Walter, furieux de la folie inerte de cet homme, avait mis pied à terre pour décharger lui-même la voiture, une grande forme géante se dessina au-dessus de lui, au milieu de l'obscurité croissante, aussi soudainement que si elle eût surgi de terre, et une voix profonde demanda en russe.

— Que se passe-t-il ici ?

— Pour l'amour de Dieu, aidez-nous, qui que vous soyez ! s'écria Walter ; les gens du village le plus proche sont en train de mourir de faim et nous ne pouvons leur faire arriver ce pain.

L'inconnu sauta de son cheval et embrassant toute la situation d'un seul coup d'œil, en dépit de l'obscurité, il dit d'un ton de commandement :

— Venez de ce côté, vous autres tous ; empoignez ferme la voiture, et quand je donnerai le mot, soulevez de toutes vos forces !

Il dit, se baissa, fourra sa puissante épaule sous le côté de la charrette, et donnant le signal, aida l'effort presque sans effet de ses compagnons par une poussée de bas en haut qui aurait pu déraciner un chêne et qui tira la roue hors du trou, aussi aisément que si c'eût été un jouet.

— Prenez ce chemin de traverse, dit-il ; il est plus long mais vous en trouverez le terrain plus ferme.

» Adieu et bonne chance ; cependant, arrêtez, qui êtes-vous ? Walter expliqua sa position en peu de mots :

— Ah ! ah ! un Anglais s'écria l'étranger, les anglais sont de braves gaillards toujours prêts à aider un homme en peine !

» Et quel est votre compagnon ?

Le père Paul se nomma :

— Vous avez fait une bonne action, mon père, dit l'inconnu d'un ton tout cordial, et je souhaiterais que chaque prêtre en Russie employât si bien son temps, il serait plus facile alors d'obtenir que l'on fît quelque chose pour aider le pays.

» Voici un petit secours pour vos gens souffrants. Dieu vous accompagne !

Il sauta sur son cheval et fut parti en un clin d'œil.

— Le ciel a été très gracieux pour nous, saint Père, dit le charretier stupéfait à voix basse en faisant le signe de la croix d'une main tremblante. Cela ne peut pas avoir été un autre que le grand saint Nicolas, car il est venu juste quand je le priai pour demander du secours. C'est heureux cependant que nous ayons eu avec nous un serviteur de Dieu tel que vous, car peut-être que le bienheureux saint n'eût pas pris la peine de venir seulement pour un pécheur comme moi !

Le père Paul se rappelant la force surhumaine mise en œuvre par l'inconnu, inclina également à croire que le Ciel avait effectivement opéré un miracle en leur faveur, surtout quand il découvrit que le don de l'étranger était tout en or.

Quand les villages affamés mangèrent le premier bon repas qu'ils avaient eu depuis plusieurs semaines, ils furent tout à fait de la même opinion.

CHAPITRE VI

Le pistolet persuasif.

— Avez-vous entendu la nouvelle Phomka (Thomas) ? On dit, et c'est terrible rien que répéter chose pareille, que le Gosudar (empereur) est en train de couper toutes les barbes de nos frères là-bas dans le nord !

— Quelle impiété sacrilège ! Que voudra faire le czar après cela ?

— Quoi, en vérité ? Eh bien ! l'autre jour il a changé le calendrier même et déclaré que désormais l'année doit commencer en janvier, tandis que tout chrétien sait que Dieu a créé le monde en septembre ! Il veut être plus grand que Dieu lui-même ?

— Coupera-t-il nos barbes aussi, pensez-vous Sasha ? S'il le fait, nous sommes perdus !

— Je le croirais bien ! Et qui ne sait pas que quand nous mourrons et que l'esprit mauvais nous prend par les pieds pour nous entraîner en bas, notre ange gardien nous attrape par la barbe, et d'une seule secousse nous arrache aux griffes de Satan et nous lance tout droit dans le ciel ! Mais si nous n'avons pas de barbe pour que l'ange nous empoigne, comment pourrons-nous être sauvé ?

— Oui, c'est ce qui rend ce caprice si funeste. Pioto Alexievitch (Pierre fils d'Alexis) pourrait être un peu dur pour nous comme notre Père Ivan Vasilievitch le Terrible (1), car il est notre maître et notre seigneur, et il a le droit de le faire. Mais nous couper l'espoir d'avoir le ciel dans l'autre monde, on ne peut pas supporter *cela* !

Ainsi parlaient les paysans de Bogorodskoë, un petit hameau de la Russie Centrale, parmi lesquels ces superstitions puériles étaient tout aussi crues que l'Évangile lui-même. En effet, aucune absurdité n'était trop monstrueuse pour ces grands enfants qui avaient dernièrement maltraité et failli assassiner un homme pour le crime d'avoir correctement prédit une éclipse, et qui sous le règne du père de Pierre le Grand, avaient soulevé une révolte qui fit périr des centaines de personnes, sur la question de savoir si un laïque devait faire le signe de la croix avec deux doigts ou avec trois.

Quelque sots que fussent leurs propos, ils semblaient hautement approuvés par un individu lourdeau à tête de citrouille, vêtu en moine russe, qui se tenait debout près d'eux.

— Bien dit, mes enfants, cria-t-il d'une voix rauque et déplaisante. Si le czar n'obéit pas à la voix de Dieu, c'est-à-dire la voix de l'Église, il ne mérite pas que son peuple lui obéisse à *lui*.

» Eh quoi, j'ai entendu dire qu'on a vu le czar manger des *pigeons*, oiseau que tout Russe orthodoxe doit révérer comme un type du Saint-Esprit; et un homme capable de faire cela serait capable de tout, il pourrait piller une église, tuer un Archimandrite (abbé), ou même manger de la viande un jour de jeûne !

(1) Une des manières dont ce Néron moderne était *un peu dur* pour ses sujets fut la mise à mort par la torture de quatre cents hommes innocents, dans une seule journée. Il bâtit plus tard une église sur le lieu de cet exploit.

A la seule pensée de cette horreur qui couronnait tout, nos braves Russes frissonnèrent comme des enfants effrayés.

— Et puis, poursuivit le moine, le czar est en train d'amener dans la Sainte Russie des quantités d'hérétiques étrangers qui corrompent nos bonnes vieilles coutumes par ce qu'ils appellent par profanation des *progrès modernes* comme s'il était permis à l'homme de changer ce que Dieu a créé ! C'est contre ces gens-là et leurs pareils, que moi et certains de mes frères nous avons été envoyés de Kief pour vous prémunir ; car ces étrangers sont des hommes sans Dieu, ils n'observent pas les jeûnes de l'Église orthodoxe, ils se moquent de ses saints, et ce qui est pis ils fument du tabac, ce qui est expressément défendu par les Saintes Écritures !

— Eh quoi, est-ce que le Saint Livre dit réellement Père, que c'est mal de fumer? demanda un gros gaillard dans la foule, d'un air un tant soit peu gêné.

En effet, depuis près d'un demi-siècle, une importation grande quoique secrète se faisait par l'unique port de la Russie Archangel sur la mer Blanche, et l'habitude de fumer quoique condamnée jusqu'alors par les prêtres russes et les princes russes était devenue si populaire que beaucoup des paysans les plus pauvres, quand ils ne pouvaient pas avoir une pipe, la remplaçaient par une corne de vache tordue.

— Certes que l'Écriture Sainte le dit, cria le moine d'un ton autoritaire ; êtes-vous assez païen pour ne pas savoir *cela?* Il y a un texte dans l'Écriture qui dit : « Ce n'est pas ce qui entre dans la bouche de l'homme, mais ce qui sort de la bouche, qui souille l'homme. » Et bien, le sens de ce texte est aussi clair que le soleil en plein midi, ce n'est pas un péché de s'enivrer, mais c'est un péché mortel de fumer du tabac (1).

(1) Cette perversion extraordinaire de l'Écriture est historique, et elle redit toute l'opposition contre l'importation du tabac autorisée par Pierre.

La première partie de cette curieuse doctrine fut reçue
par ses auditeurs grossiers et ignorants avec une approbation
manifeste; mais, à l'énoncé de la seconde, plus d'un robuste
villageois commença à paraître si coupable que les soupçons
de l'orateur auraient certainement été éveillés, si son attention
n'avait pas été soudainement attirée ailleurs.

Pendant la conversation, quelques-uns des paysans avaient
vaguement observé deux cavaliers de passage vêtus en Cosaques;
mais c'était un événement trop commun ces jours-là pour
exciter une attention particulière.

Cependant quand les étrangers, qui n'étaient pas autres que
M. Scobell et son fils, firent halte chez le maréchal-ferrant
du village, parce que le cheval de Walter avait perdu un sabot,
trois ou quatre flâneurs étaient bouche béante autour de la
boutique, frappés de leurs beaux chevaux et de leurs selles
richement brodées. Ils commencèrent à s'attrouper curieu-
sement autour d'eux, et à faire des commentaires sur leur
tournure.

— Hé, Stepka (Étienne), arrive ici et regarde ces chevaux!
cria l'un d'eux à un de ses camarades qui entrait en scène à
l'instant; c'était un vétéran tout balafré de la campagne des
Turcs contre Vienne en 1683. Tu n'as pas vu beaucoup de
leurs pareils, quoique tu sois un vieux troupier.

— Ce sont de belles bêtes, répondit le soldat à ce propos;
mais aucun Russe, aucun Tartare, ne les élévera jamais, et
leurs selles sont turques, ou bien je n'en ai jamais vues.

— Les avez-vous gagnés sur les infidèles, frère? dit-il
ensuite à Scobell.

Ce dernier ne répondit qu'avec un signe de tête et un sourire, sachant que s'il parlait, son accent trahirait son origine
étrangère, et que cela, au milieu d'une populace déjà excitée
par la furieuse tirade du moine contre les « étrangers hérétiques » (il en avait saisi quelques mots en passant), pouvait

Les Anglais tirèrent leurs pistolets. (Page 83.)

l'entraîner dans une querelle ennuyeuse, et tout au moins retarder son voyage.

Le forgeron fit son ouvrage vite et bien, mais lui demanda un prix exorbitant; il pensait qu'un Cosaque ne se soucierait pas de l'argent, et Scobell, ne désirant pas être attardé par aucune dispute, paya sans mot dire.

A l'instant même, le moine qui les avait observés à une petite distance, vint rapidement vers eux, avec sa bande de polissons à ses talons, et, comme il approchait, Walter reconnut en lui, avec un frémissement d'horreur et de dégoût, le moine aux cheveux roux des catacombes de Kief!

Le jeune homme se rappela cependant aussitôt que ce misérable ne le connaissait pas de vue et ne pouvait aucunement le soupçonner d'avoir joué un rôle dans l'aventure mémorable des catacombes; dès lors il parut aussi insouciant que possible, quand le digne moine, qui avait vu avec quelle placidité Scobell s'était soumis à l'exigence exorbitante du maréchal, le prit pour un Cosaque bonasse, toujours prêt à mettre la main à la poche, et vint vers son père et lui demanda d'un ton assuré, et presque de défi, une aumône pour la Sainte-Laura de Kief.

Jacques Scobell laissait rarement ses sentiments particuliers entrer en ligne avec ses devoirs publics, mais il vit d'un coup d'œil à quelle catégorie de moines appartenait l'individu. L'impudence de celui-ci, ainsi que la fourberie avide qui se dessinait sur ses traits, mirent l'Anglais hors de lui.

— Je pourrais vous donner quelque chose, dit-il sévèrement, si je pouvais être sûr que cela n'irait pas dans votre poche, ou à la prochaine *kabak* (taverne), au lieu d'arriver au trésor du monastère.

— Et quoi, osez-vous me parler ainsi, *à moi?* cria le moine avec une grimace féroce, à moi, Frère Hilarion du monastère de Petcherski? Votre langue vous trahit, vous, chien d'étranger? Vous êtes un des hérétiques qui entrent comme des fouines dans la Sainte Russie, pour attraper toutes les meilleures places, et sucer jusqu'à épuisement la nourriture des enfants du sol!

Un murmure irrité de la foule montra que cet appel insidieux à la haine innée du paysan russe pour les étrangers n'était pas vain.

— C'est vrai, grommela l'un, c'est un *Nyemetz* (étranger) (1) d'après son langage, et nous ne voulons pas de canailles étrangères ici!

— Parce que vous en avez assez des vôtres pour vous en passer, je suppose, murmura Walter.

— Et ils sont déguisés en Cosaques aussi! cria un autre.

— Nous prennent-ils pour des idiots, pour penser nous jouer de cette façon?

— Et des selles turques! ajouta le moine de sa voix enrouée et grinçante. Très probablement ils sont ligués avec les païens contre la Foi orthodoxe comme d'impies mécréants qu'ils sont!

— C'est faux, scélérats! cria à tue-tête Walter poussé par la rage au-delà des limites de la prudence ; et, de toute façon, ce n'est pas à *vous* de parler d'impiété, vous que j'ai vu de mes propres yeux, vous enivrer dans le saint lieu même!

Un regard de démon jaillit comme un éclair des yeux du moine, aussitôt ces mots prononcés. Quelque épaisse que fût son intelligence, elle n'était pas assez émoussée pour ne pas comprendre instantanément tout le sens des paroles de son adversaire, ainsi que la nature réelle de son étrange mésaven-

(1) Le mot *Nyemetz*, quoique maintenant appliqué uniquement aux Allemands, était jadis employé pour désigner tous les étrangers indistincte ment, car ce terme, dont le sens littéral est un *homme muet*, était considéré par les gens du pays comme un nom très convenable pour les infortunés qui ne pouvaient parler russe!

ture dans les catacombes, et toutes les passions mauvaises de son naturel pervers s'allumaient d'un seul coup.

— Fils de la vraie Église, hurla-t-il d'une voix semblable au cri d'un vautour, vous avez entendu de sa propre bouche que cet hérétique scélérat a souillé le saint lieu de sa présence. Que mérite-t-il?

Le hurlement par lequel la racaille fanatique répondit à son appel, était semblable à celui d'une meute de loups affamés; et comme Walter, se repentant trop tard de son imprudence, essayait de se frayer par force un chemin au travers la cohue; une grêle de pierres tomba sur le cheval et le cavalier; en un instant, le père et le fils furent cernés et ballottés par la poussée d'un ramassis d'êtres déguenillés. Leurs pieds nus, leurs poings fermés, leurs casaques graisseuses en peau de mouton, leurs figures blêmes et barbues, leurs épais sourcils, leur donnaient un air sinistre qui concordait avec la férocité brutale qui les animait; preuve que ces pauvres sauvages ignorants, tout en négligeant tous les intérêts réels de la vie, n'étaient que trop prêts à tuer ou à être tués pour des bagatelles qui ne valaient pas un fêtu.

Poussés à l'extrémité, les Anglais tirèrent leurs pistolets. A cette vue, les assaillants les plus rapprochés reculèrent un instant; mais ramené en avant par la presse de ceux de derrière, le premier rang de cette populace arriva comme un flot. Un moment encore, et nos héros allaient devoir tirer pour leur défense personnelle, quand une interruption soudaine, émouvante se produisit.

Sous le porche de la petite maison de poste, un peu plus bas dans la seule rue du village, un homme de haute taille, vigoureux, au teint hâlé et à l'aspect résolu, portant l'uniforme d'officier de dragons russe; était assis, ayant devant lui une immense terrine de *gretch nevaya kasha* (pâtée de farine d'avoine mélangée de beurre). Il n'avait l'air de faire aucune

attention au bruit de la bagarre croissant autour de lui;
toutefois, un coup d'œil d'irritation menaçante tomba comme
un éclair de ses grands yeux noirs sur le moine charlatan,
comme ce dernier déblatérait en énergumène contre les *hérétiques étrangers.*

Mais quand la voix de Walter, toute retentissante de colère,
réfutant l'accusation mensongère du moine, parvint à l'oreille
de l'officier; il tressaillit visiblement, et sautant sur ses pieds
avec la souplesse d'une panthère, tout massif qu'il était; il
regarda l'endroit de la bagarre juste quand les émeutiers
s'élançaient sur les deux voyageurs.

A la vue de cette lutte inégale, les yeux perçants du Russe
semblèrent lancer des flammes, un terrible froncement de
sourcils assombrit ses traits; d'un bond, il parvint au plus
épais de la cohue comme un vaisseau qui fend les flots et,
repoussant à droite et à gauche les robustes paysans comme
s'ils n'étaient que des enfants, il se jeta entre eux et les victimes qu'ils voulaient faire.

Son aide n'était que trop opportune : déjà le visage de Scobell,
blessé par une pierre, était ensanglanté et le forgeron, qui
semblait le principal meneur de la bagarre, brandissait son
lourd marteau au-dessus de la tête découverte de Walter.
Mais, avant que le coup tombât, le poing fermé de l'étranger
frappa, rapide comme la foudre, le brutal à la tempe, le précipitant sur le sol comme assommé par la chute d'un rocher.

Un instant après, un second assaillant était saisi à la gorge
et rejeté au milieu de ses camarades avec une telle violence
que deux autres étaient entraînés dans sa chute; alors, comme
la populace épouvantée reculait terrifiée par cette force presque
surhumaine, l'Inconnu, se redressa de toute la hauteur de sa
taille puissante, dominant d'une demi-tête les plus grands
parmi ses antagonistes, et les regarda comme un lion regarderait un troupeau de chacals.

—. Chiens, cria-t-il d'une voix tonnante, est-ce là votre bienvenue russe à d'inoffensifs étrangers, qui viennent vers vous en paix et bonne volonté ? Qu'un seul de vous ose encóre lever un bras contre eux et je le briserai comme je romprais une baguette.

Au moment où l'officier parla, Walter reconnut immédiatement sa voix et lui demanda vivement :

— Est-ce vous qui nous avez aidés à retirer la charrette de pain de l'ornière, il y a dix jours ? Notre conducteur vous avait pris pour saint Nicolas lui-même !

— Oh ! oh ! cria le Russe, me voilà saint maintenant ! Eh bien ! c'est quelque chose, car j'avoue que cela m'irait fort bien... beaucoup mieux que d'assister aux scènes honteuses dont je viens d'être le témoin, et qui me font rougir de colère et de honte.... Ignorez-vous donc, misérable peuple, que ces Anglais généreux ont sauvé, hier encore, un village russe de la famine ?.... Ignorez-vous que leur bravoure contribuera sans doute à la défense de votre pays ?.... Voilà quels sont ceux que vous attaquez lâchement.... Et maintenant, regardez-les en face, si vous l'osez.

Les Russes, ainsi interpellés, baissaient la tête avec confusion devant ces mêmes hommes qu'ils avaient voulu assassiner, et un vigoureux gaillard s'exclama avec émotion :

— Pardonnez-nous, père, nous avons eu tort, mais comment pouvions-nous savoir ?

— Voilà justement le mal, mes pauvres camarades, répondit l'inconnu avec une profonde tristesse, vous ne pouvez savoir comment les choses sont réellement et ainsi vous êtes à la merci de n'importe quel fourbe qui vient vous farcir la tête de mensonges. Qui vous a excité à ce bel ouvrage, s'il vous plaît ?

Une demi-douzaine de mains indiquèrent le moine, qui, voyant le tour que prenait l'affaire, s'était retiré modestement à l'arrière-plan et semblait disposé à tourner les talons. Mais il ne devait pas échapper si aisément.

— Viens ici ! cria le dragon, faisant claquer les doigts comme pour appeler un chien ; sais-tu que tu as excité à la trahison contre Sa Majesté le Czar, et que moi, officier de recrutement à son service, je t'ai entendu.

Le moine baissa les yeux devant le regard sévère de son interrogateur et quand il jeta autour de lui un coup d'œil furtif pour chercher un appui, il n'en trouva pas ; car le mot formidable de trahison avait consterné toute sa séquelle de tout à l'heure autant que lui.

— Tu as dit à l'instant, poursuivit l'officier, que ces Messieurs étaient venus pour sucer jusqu'à épuisement la nourriture des enfants du sol ! Maintenant je demanderai seulement à ces braves gens de regarder les deux parties adverses (et il indiqua d'une main le moine corpulent et boursouflé, et de l'autre l'Anglais sec et maigre comme un clou) et de juger par eux-mêmes quel est celui qui a sucé le plus de nourriture !

Un éclat de rire unanime et des plus sonores répondit à l'appel, et le digne frère Hilarion, pris dans ses propres filets, avait un air si drôlement penaud que, même le grave M. Scobell qui bandait avec son écharpe sa figure ensanglantée, rit avec les autres. Le moine déconfit grommela quelque chose entre les dents et chercha à s'éclipser subrepticement.

— Arrête ! je n'en ai pas encore fini avec toi, cria l'officier d'un ton de commandement. N'as-tu pas dit aussi que fumer du tabac — chose que fait le Czar lui-même — est un péché mortel ?

Hilarion hésita, mais une douzaine de voix répondirent pour lui à la fois.

— Il l'a dit, il l'a dit ; nous l'avons tous entendu.

— C'est bien, dit le dragon, un si *saint* homme, (et il

appuya avec une emphrase ironique sur ce mot, qui provoqua un ricanement spontané des auditeurs), si prêt à hasarder la vie d'autrui pour venger un affront personnel, sera également prêt à hasarder la sienne plutôt que de commettre ce qu'il sait être un péché. Donc (et ici il quitta son air railleur pour prendre un ton sérieux et sinistre qui fit trembler tout le monde, tu vois ce pistolet et cette pipe), si tu ne prends la pipe et ne la fumes avant que je n'aie compté cinq, je fais vœu par tous les lieux saints de Moscou, de te tuer sur le champ !

La figure rougeaude du moine blanchit jusqu'à ses lèvres mêmes, car ceci était un vœu qu'un Russe ne viole jamais ; il trembla comme une feuille et jeta tout autour de lui un coup d'œil désespéré sur les hommes qu'il avait poussés au danger, tout en se tenant à l'abri.

— Enfants ! cria-t-il effaré, permettrez-vous.... ?

— Une — deux — trois — *quatre !* compta la voix profonde, sonore de l'officier, comme le glas mesuré d'une cloche de funérailles.

— Miséricorde ! gémit le lâche, je le ferai !

Et, fourrant la pipe entre ses lèvres tremblantes, il commença à lancer des bouffées comme une cheminée allumée.

— Eh bien ! mes amis, clama le dragon, ce que vous avez vu faire à ce saint moine ne peut être mal ; ainsi fumez à l'avenir tant que vous voudrez.

Le moine déconfit disparut au milieu d'un torrent de railleries et d'invectives, pendant que l'officier russe, se tournant vers Scobell, dit avec courtoisie :

— Je regrette beaucoup que vous ayez reçu un si mauvais accueil parmi nous, mais je ferai tout ce qui me sera possible pour le réparer. Si quelque chose vous est nécessaire dans votre voyage, montrez ce papier au *stárosta* du village et il vous fournira tout ce que vous demanderez.

Scobell, qui était soucieux d'obtenir de nouvelles provisions

et un guide pour le conduire à travers la vaste lande de marécages et de fourrés qu'aucun sentier ne sillonnait, saisit le
papier offert avec empressement mais n'y trouva rien que
quelques griffonnages d'un noir bleuâtre et assez semblables à
des pattes de hanneton écrasées.

Mais, quoique pussent vouloir dire ces signes, le bailli du
village tressaillit en les voyant comme s'il avait reçu un coup
de feu, et se trémoussa pour subvenir aux besoins de Scobell
avec autant de zèle que si l'obscur voyageur eût été l'Empereur
lui-même.

Dans l'intervalle, l'officier bienveillant, voyant que Walter
paraissait avoir faim, le fit marcher militairement vers la
poste pour y prendre quelque nourriture ; il n'eut pas de peine
à tirer de Walter toute l'histoire de ses aventures précédentes.
La rencontre avec Mazeppa sembla spécialement l'intéresser
et il fit beaucoup de questions sur l'Hetman cosaque et ses atte-
nants, ainsi que sur le parti qu'il semblait devoir embrasser
dans la guerre suédoise qui était imminente.

— Et ainsi, votre père désire prendre du service auprès
du Czar, dit le dragon, il est soldat alors, je présume ?

— Soldat, marin, courtisan, homme d'État, tout ce que
vous voulez ! répliqua notre héros, avec un enthousiasme
juvénile, et il n'y a rien qu'il n'ait fait et rien qu'il ne puisse
faire !

— *Matelot*, vrai ? répéta le Russe dont les yeux brillèrent,
connaît-il quelque chose à la construction des vaisseaux et
la manière de les manœuvrer ?

Certes oui ! s'écria Walter, lui et moi nous en avons fait un
nous-mêmes, aidés seulement par un vieillard et un petit
garçon, quand nous avons fait naufrage sur un îlot dans le
golfe du Mexique. Ce n'était pas un grand bateau, mais il
suffit bien à nous porter jusqu'à la terre la plus voisine.

— A la bonne heure, dit l'officier avec entrain, eh bien ! je

vais vous dire : vous trouverez probablement le Czar à Saint-
Pétersbourg ; en y arrivant, la meilleure chose que vous puissiez faire c'est de vous enquérir de Klaas Evertsen, un Hollandais, de mes amis dans le Vasili-Ostroff. Il est fort connu, et
si vous lui dites que vous êtes envoyés par le Porootchik
(lieutenant) Mikhailoff, — ce qui est mon nom, tout à votre
service, — il sera enchanté de vous héberger aussi longtemps
que vous voudrez rester chez lui.

— Nous obtiendra-t-il une audience du Czar.

— Je n'en doute pas, et s'il ne le fait pas, il pourrait se
faire que je sois là quand vous arriverez. Mais s'il y a quelque
difficulté, quand vous irez voir le Czar, il suffira de lui envoyer
un mot disant que la personne qui désire le voir est un *marin
anglais*. Au revoir, et portez vous bien jusqu'à notre prochaine
rencontre !

CHAPITRE VII

Causerie avec l'Empereur entre ciel et terre.

Environ quinze jours après ces derniers événements par une belle matinée de mai, un jeune garçon se tenait seul sur le rivage plat et marécageux de Vasili-Ostroff (un de ces îlots plats et boueux qui divisent le courant de la Néva, juste avant son plongeon final dans le Golfe de Finlande). Il contemplait avec étonnement ce chaos de maisons en bois à demi construites, de canaux boueux, de monceaux de pierres et de décombres, de madriers empilés et de docks inachevés, chaos représentant la nouvelle ville de Saint-Pétersbourg, qui ressemblait plutôt alors à une ville ruinée par le feu ou la guerre qu'à une cité naissante.

Mais évidemment, cette fameuse métropole, toute incomplète et en désordre qu'elle fût, intéressait profondément le jeune homme qui n'était autre que Walter Scobell.

Notre héros et son père, après avoir rencontré d'innombrables obstacles et des dangers sérieux, avaient atteint le but de leur voyage dans la soirée précédente et avaient découvert non sans difficulté le « Klaas Evertsen » indiqué par le lieutenant Mikhailoff.

Ils trouvèrent dans Mynheer Evertsen un cordial et gai petit charpentier de marine hollandais ; celui-ci semblait tout à fait chez lui dans cette région amphibie et leur fit une très amicale réception déclarant que « tout ami du lieutenant Mikhailoff était un hôte bienvenu pour lui. »

Quoique petite et grossièrement meublée la maison hospitalière et irréprochablement propre du Hollandais semblait un paradis à nos voyageurs exténués, comparée surtout à l'inénarrable saleté des villages russes.

Pour la première fois, depuis de longues semaines, ils jouirent d'un sommeil ininterrompu ; et le lendemain, après un déjeuner très matinal, (car chacun semblait se lever avec le jour dans ce foyer d'activité) Walter, laissant son père conférer avec leur hôte sur leurs plans futurs, sortit pour visiter les alentours.

Il était encore absorbé dans la contemplation de cette « capitale flottante, » quand il entendit un passant donner le nom de palais du Czar à un bâtiment détaché situé plus bas dans la rue qui se trouvait derrière lui ; le jeune garçon, curieux de voir quelle sorte de *palais* pouvait exister dans un lieu pareil, dirigea aussitôt ses pas vers l'endroit signalé.

Les quartiers du grand Empereur ressemblaient certainement aussi peu à un palais que la gracieuse maisonnette qui abrite maintenant au milieu des précipices du Monténégro, le prince des Noirs Montagnards. C'était une longue et basse construction en planches grossièrement taillées ; quelque chose entre grange et magasin ; rien, pas même une sentinelle à la porte, ne la distinguait des amas de bâtisses similaires qui l'entouraient.

Mais en approchant, Walter aperçut un personnage arrivant du côté opposé et qui absorba bientôt toute son attention.

C'était un homme de belle prestance, à l'air hautain et d'une élégance de toilette outrée, son visage frais rasé, sa perruque flottante, son habit galonné d'or semblaient singu-

lièrement déplacés au milieu de cette boue et de ce désordre.
Evidemment l'homme lui aussi était de cet avis, car il choisis-
sait son chemin dans la rue fangeuse avec autant de précautions que s'il marchait sur des œufs et il avait l'air d'être au
supplice, chaque fois qu'une éclaboussure de boue maculait
tant soit peu ses beaux habits.

Notre héros devina du premier coup que c'était un envoyé
étranger, et il se demandait tout étonné ce qu'était devenu le
cortège de laquais galonnés qui était toujours derrière les
talons de tout ambassadeur à cette époque. Mais il apprit
plus tard que le Czar qu'horripilait toute pompe ou parade
avait donné des ordres pour que tout visiteur vînt à lui *sans
suite*, observant avec une franchise un peu brutale que c'était
assez d'un fou à la fois.

Curieux de voir comment cet empereur sans gêne et au
franc parler recevrait ce freluquet si brillamment accoutré, le
jeune garçon s'arrêta près de la porte entrebâillée et jeta un
coup d'œil sur une petite antichambre nue ; elle était sans
ornement, sauf trois ou quatre modèles de navires et de
bateaux, un petit canon de bois et deux bien pauvres portraits :
l'un représentant le défunt roi d'Angleterre, Guillaume III;
l'autre, l'excentrique marquis de Caermarthen, qui avait été
un des principaux guides du Czar durant ses trois mois passés
à Londres en 1698.

L'étranger était attendu, car, quand il arriva à la porte un
bel homme revêtu de l'uniforme de la cavalerie russe se
montra sur le seuil.

Cet homme n'était rien moins que le prince Menschikoff,
premier ministre de Pierre le Grand et ancêtre de notre vieil
adversaire en Crimée; laissant à peine le temps au visiteur de
décliner son nom et son rang, il dit vivement :

— Sa Majesté l'Empereur m'a donné ordre de dire à votre
Excellence que ne vous voyant pas à six heures, l'heure fixée

pour l'audience, il est allé au grand dock où vous aurez l'obli-
geance de le suivre.

Le pauvre envoyé semblait loin d'être satisfait, jugeant de
tous les souverains par le roi son maître, il n'avait pu croire
qu'une tête couronnée pût se lever à une heure aussi indue
que six heures du matin et s'était pensé tout à fait en règle en
venant à sept heures.

Et maintenant, se voyant fermer la porte au nez, il mar-
mottait désespérément :

— Qui aurait pensé qu'il voulait réellement dire six heures ?
et que vais-je faire maintenant ? Je ne pourrai jamais trouver
ce maudit dock, dans un lieu où les rues n'ont même pas de
noms !

La déconfiture de ce coquet personnage avait énormément
diverti Walter Scobell ; mais, devant sa détresse, il sentit se
réveiller une disposition naturelle à aider tout homme dans
l'embarras.

— Je pense que je puis vous guider vers le dock, dit-il en
français, au moins je pourrai demander le chemin pour vous.

— Grâce au ciel il y a quelqu'un qui parle un langage
civilisé sur cette terre peuplée d'ours et de grenouilles !
cria l'envoyé subitement rasséréné ; mille remerciements, mon
jeune monsieur, je me mets sous votre conduite.

Mais quoique notre héros eût traversé les docks dans la
soirée précédente il dut s'enquérir de la route plus d'une fois
au milieu du chaos des maisons en construction et des rues
sans nom. Enfin ils arrivèrent à l'entrée du grand dock gardé
par deux rudes et grands gaillards qui demandèrent sèchement
aux arrivants ce qu'ils voulaient.

Walter expliqua l'affaire en Russe aussi bien qu'il pût et
les sentinelles le laissèrent entrer, disant brièvement que le
Czar était la.

En passant, le jeune garçon remarqua que ces sinistres

gardiens étaient armés d'énormes ciseaux au lieu de haches.
Il se demandait justement ce qu'ils voulaient faire de ces
ciseaux dans cette contrée où tout semblait contraire à l'usage
établi, quand arrivèrent deux hommes portant la barbe longue
jusqu'à la ceinture et des habits descendant jusqu'aux pieds,
c'était la vieille coutume slave que le Czar s'efforçait de réfor-

— Quoi ! là-haut ! gémit l'infortuné. (Page 98.)

mer. Juste au moment où ils passaient les deux géants porteurs
de ciseaux bondirent sur eux comme des boules-dogues : un
premier coup de ciseaux trancha leur barbe, un second coupa
les pans à la hauteur des genoux ; alors les opérateurs (qui
n'avaient pas dit un mot ni remué un muscle du visage pendant
cette étrange action) se retirèrent laissant les deux hommes

7

barbifiés continuer leur chemin tout penauds et déconfits.

— Eh bien, voilà une chose cocasse, murmura notre ami, je me demande ce que les gens diraient si quelqu'un se mettait à faire cela dans les rues de Londres !

A ce moment arrivait d'un pas pesant un ouvrier indigène, Walter lui demanda où se trouvait le Czar, ajoutant que Sa Majesté avait un rendez-vous avec l'ambassadeur qu'il montra.

— Quoi ! avec cet homme-là ? grogna le Russe considérant le luxueux personnage comme un ours regarderait un singe. Eh bien ! si vous voulez Piotr (Pierre) Alexcievitch : le voilà ! Il montrait en même temps les agrès d'un vaisseau à demi construit, sur une vergue duquel était assis un homme robuste vêtu d'un grossier vêtement de marin qui, tournant la tête pour les regarder, cria d'une voix assez semblable au mugissement de la tempête :

— Y a-t-il quelqu'un qui me demande ?

— Oui père, répondit le Russe en s'inclinant profondément, c'est un homme qui semble *inostranetz* (étranger) ; il dit qu'il est ambassadeur et désire être admis en votre gracieuse présence.

« Ah ! c'est l'embassadeur*** à la fin ? » rugit le Czar, il employa la langue diplomatique d'une façon si exécrable que le malheureux envoyé frissonna comme si quelqu'un lui enfonçait une épingle dans le dos. « Pourquoi donc n'êtes-vous pas arrivé à l'heure ? Si vous voulez me parler, montez ici. »

« Quoi ! là-haut ! » gémit l'infortuné jetant un regard désespéré de ses magnifiques vêtements aux agrès goudronnés qu'il était invité à gravir. Mais il n'y avait pas moyen de refuser ; aussi commença-t-il à grimper d'un air lamentable, s'accrochant aux cordages branlants et souillant à chaque mouvement ses beaux bas de soie claire et son jabot empesé.

Sa conférence avec le Czar dura à peine quinze minutes ; à

la difficulté de comprendre le français barbare de Pierre, s'ajoutait l'angoisse de se sentir perché sur un rien à une hauteur vertigineuse, et d'être forcé de paraître attentif à la causerie de l'empereur, tout en éprouvant la crainte mortelle d'être aplati par une chute sur le pont ; le pauvre envoyé n'avait jamais passé un quart d'heure plus désagréable dans sa vie (1). Et, pour couronner le tout, le Czar commença soudain à balancer ses membres énormes de ça et de là, avec une telle violence qu'il ébranlait toute la mâture, jusqu'à ce que le malheureux diplomate, oubliant tout à fait ses beaux habits dans sa terreur, tînt le mât graisseur embrassé de ses deux bras, dans un muet désespoir.

Les grossiers ouvriers qui étaient là autour riaient tout haut des souffrances du martyr de la diplomatie. Pierre lui-même, qui, avec toutes ses grandes qualités, n'était pas au-dessus de ce goût pour la plaisanterie vulgaire, un des pires défauts de son siècle, riait en grimaçant horriblement.

Dans l'intervalle, notre héros, attiré là par sa curiosité de voir l'empereur dont il avait tant entendu parler, fut soudainement frappé d'une idée lumineuse.

Occupé comme il l'était, et constamment changeant de place à travers ce labyrinthe de marais et de fourrés d'une lieue de large, il pouvait se passer bien des jours avant que lui et son père ne pussent avoir un entretien avec le Czar. Il ne voulut donc pas laisser passer cette chance de se présenter maintenant qu'il était si près ; de sorte que, aussitôt que l'ambassadeur fut descendu avec précaution, et fut parti, confié à un russe chargé de le conduire chez lui sain et sauf, Walter s'avança à son tour, et, se rappelant le mot d'ordre qui lui avait été donné par le lieutenant russe à Bogorodshoë, il cria

(1) C'est à cette scène curieuse que Lord Macauly fait allusion dans le chapitre XXIII de son *Histoire*, quand il parle d'un ambassadeur étranger qui trouva Pierre *intrônisé* sur les vergues.

à tue-tête en anglais avec une admirable imitation de l'appel bourru d'un marin.

— Oh! eh! vigie!

— Oh! eh! répondit Pierre dans la même langue, de toute la force de sa voie puissante.

— Est-ce que l'empereur est à bord? cria Walter.

— Qui le veut? demanda le Czar, jetant un coup d'œil perçant sur notre héros.

— Un *matelot anglais*, répondit le jeune garçon.

Pierre sursauta, lançant un autre regard perçant sur celui qui parlait, puis cria à son tour.

Montez, vous le trouverez.

— On y va, on y va, Monsieur, répondit Walter; et, dédaignant de se servir de l'échelle de corde, il se hissa à la force du poignet par un galhauban, aussi lestement que n'importe quel humier.

— Bravo, vous êtes un gars tout différent de ce failli terrien d'ambassadeur! cria le Czar, dont l'anglais, glané çà et là parmi des matelots et des charpentiers de vaisseaux, n'était pas des plus raffinés. Asseyez-vous là, et causons.

Mais à peine Walter eût-il vu distinctement la figure du Czar pour la première fois, qu'il tressaillit, et faillit lâcher son cordage dans son étonnement : il avait découvert soudainement que son ami le lieutenant *Mikailoff* était devant lui, dans la personne de l'empereur de Russie!

— Ah! cria Pierre, vous me reconnaissez; je vous ai dit que nous nous rencontrerions bientôt. Où est votre père? a-t-il trouvé Evertsen?

— Votre Majesté...., commença le jeune homme, mais le Czar lui coupa la parole.

— Ne faites pas attention à la majesté, à cette hauteur-ci, mon garçon, dit-il, avec une franchise ronde et cordiale qui lui seyait très bien. Vous parlez maintenant à un simple matelot russe, dont le nom est Pierre Alexcievitch et tout ce que vous avez à faire, c'est de m'appeler ainsi et conter votre histoire à l'aise et sans embarras. Allons, jetez l'ancre, et dites-moi tout simplement ce qui vous est arrivé depuis que nous nous sommes séparés.

Walter fit comme il lui était dit, et, après avoir surmonté sa première confusion, causa aussi à l'aise avec son redoutable compagnon, qu'il l'eût fait avec son propre père.

— Ah ! dit l'empereur, cela me fait du bien de parler à quelqu'un qui me parle comme un homme à un autre, au lieu de ramper et de trembler devant moi comme s'il donnait la nourriture à une bête féroce !

— Des Anglais ne font jamais cela, vous savez, dit fièrement le garçon, ils n'ont peur de personne !

— Je l'ai bien vu une fois, en me promenant à pied dans Londres avec votre Lord Kermardin (Caermarthen), dit Pierre avec un rire de bonne humeur ; un grand diable de portefaix me heurta et faillit me faire tomber par la violence du choc ; Kermardin lui dit que j'étais le Czar, l'individu se contenta de rire en grimaçant et dit : « Eh bien ! quoi alors ? nous valons tous des czars ici ! »

Notre héros riait encore de cette histoire, d'ailleurs parfaitement vraie, quand l'empereur reprit :

— Je souhaiterais seulement pouvoir inspirer un peu de cet esprit à mes Russes, quand bien même cela irait trop loin ; car, quand un homme se dresse contre vous, vous pouvez toujours l'abattre d'un coup de poing, mais quand il se met à ramper à vos pieds, il n'y a pas moyen de le faire tenir debout. Pas plus loin qu'hier, un individu vint à moi, il se prosternait à mes pieds dans la poussière, comme si j'avais été Dieu lui-même (ici Pierre ôta respectueusement son grossier bonnet de laine) il se disait mon esclave, mon chien, et toutes sortes de sottises, jusqu'à ce que je fusse si fâché que je pris un bon bâton et le rossai de telle façon qu'il se sauva en hurlant! je garantis qu'il ne viendra plus faire le chien couchant auprès de moi.

Walter, se rappelant comment le Czar avait renversé comme des quilles, les émeutiers de Bogorodshoë, était bien du même avis; et, après avoir contemplé quelques moments en silence avec une admiration franche et juvénile les formes géantes et les traits autoritaires du grand réformateur, il s'aventura à demander :

— Pierre Alexcievitch, auriez-vous *réellement* tué ce moine à Bogorodskoë s'il ne vous avait pas obéi?

— J'aurais eu parfaitement le droit de le faire, dit Pierre sévèrement, car il avait prêché la trahison à mes sujets; mais je savais bien qu'une simple menace suffirait pour *lui*. Ce n'est pas parmi de tels fouinards que vous trouvez les hommes qui sont prêts à mourir pour leur croyance. *J'honore* un brave homme qui affrontera la mort en face, plutôt que de faire ce qu'il croit mal; mais un lâche menteur, qui fourre des hommes, valant plus que lui, dans les dangers devant lesquels il recule lui-même, ne mérite que d'être traité comme un chien qu'il est!

Ce disant, le Czar tira de sa musette une miche de pain noir et du fromage dur et ajouta d'un ton plus plaisant :

— Il est temps de manger un morceau, comme nous avions coutume de le dire quand je faisais le charpentier en Hollande. Voulez-vous partager le déjeuner d'un matelot?

Walter avait déjà déjeuné, mais un pique-nique sur les vergues d'un navire, avec l'empereur de Russie, n'était pas aventure à rencontrer tous les jours; il accepta donc et attaqua le menu grossier avec un appétit qui semblait faire grand plaisir au Czar.

— Je voudrais que tous mes nobles fussent comme vous, dit Pierre; ils deviennent aussi gourmets que les Français dans leur goût pour les plats fins; comme si ce qu'on mange importait, pourvu qu'il y en ait assez! Et cependant j'ai payé autrefois passablement cher pour un déjeuner aussi simple que celui-ci, et cela à Nimègue. Un coquin d'aubergiste, ayant découvert qui j'étais, me fit payer cent florins pour trois œufs et la moitié d'un pain bis ; quand je lui demandai si les œufs étaient si rares dans ce pays-là, la vieille canaille dit d'un ton goguenard :

— Non, mais les empereurs le sont !

Ici le Czar s'arrêta pour offrir à son jeune hôte un énorme flacon d'eau-de-vie ; mais le garçon recula et dit fermement :

— Excusez-moi, Pierre Alexeievitch, je ne puis pas boire cela. Mon père dit que la moitié du mal qui se fait aujourd'hui est causé par l'abus de la boisson, aussi je lui ai promis de ne jamais toucher de la liqueur sans sa permission.

Walter s'attendait tout à fait à essuyer en réponse une tempête de rage de la part de son hôte peu commode, car un tel discours, adressé à un homme qui buvait notoirement de l'eau-de-vie comme de l'eau de source, était à peu près une insulte directe. Mais le Czar prit seulement un air de tristesse inexprimable, pensant sans doute au père qui l'avait négligé dans son enfance sans joie et à la sœur dénaturée qui avait cruellement encouragé chez lui cette tendance à l'intempérance, la malédiction de toute sa vie, et cela dans l'espérance infernale que l'état d'ivresse habituelle pourrait causer sa mort ou le rendre impropre à porter la couronne qu'elle voulait pour elle-même.

— Votre père est un homme sage, dit-il enfin, et vous faites bien de lui obéir. Plût au Ciel que j'eusse un fils tel que vous pour m'aider dans mon œuvre, et la continuer après moi !

— N'avez-vous pas d'enfants, alors ? demanda le garçon avec commisération.

— Personne, mon gars, et pas de femme non plus ; je suis

tout seul ! dit le Czar avec une émotion plus profonde qu'il
n'en avait encore montrée (1).

. — J'en suis bien fâché, dit Walter avec la sympathie toute
fran che d'un adolescent. C'est justement parce que mon père
et moi étions ensemble que nous avons pu mener à bien toutes
nos entreprises difficiles et surmonter maint obstacle, mais si
nous avions été séparés !....

Ici il s'arrêta court et pâlit d'effroi car, tout à coup, les traits
massifs du Czar s'étaient déformés par une convulsion si
hideuse qu'un cadavre surgissant de sa tombe aurait paru
moins terrifiant.

Walter détourna les yeux avec une horreur indicible ; et
bien lui en prit, car rien ne mettait Pierre plus en rage que
d'être observé par quelqu'un pendant ces attaques périodiques,
attribuées par le peuple au poison que lui avait administré
dans son enfance sa sœur dénaturée, la princesse Sophie.

Avec un tact au-dessus de son âge, l'adolescent fixa toute
son attention sur la vue qui se déroulait au loin, et demanda
tout naturellement, après quelques instants :

— Pierre Alexeievitch, quels sont ces grands bâtiments
là-bas ?

Le Czar, qui n'aimait rien mieux que de faire le cicerone,
quand il s'agissait de sa nouvelle ville, commença de suite à en
indiquer les détails ; et, de cette hauteur dominante, Walter
put observer la cité qui s'élevait et vit pour la première fois
une méthode dans l'apparent désordre du plan.

Plus de la moitié de la superficie des Vasili-Ostroff avait
été déjà disposée en longues rues droites qu'on appelle encore
maintenant « les lignes, » et son sol marécageux avait été

(1) Ceci, quoique tristement vrai en un sens, ne l'était pas littéralement ;
mais la première femme de Pierre, fille d'un noble Russe, avait été répudiée
pour son opposition persistante à ses réformes ; et son fils, le faible et indigne
prince Alexis (dont la fin effrayante stupéfia l'Europe peu d'années plus tard),
s'était déjà aliéné pour toujours l'amour et la confiance de son père.

épaissi par des couches alternatives de terre et de pierres, et coupé par des canaux dont plusieurs existent encore. Tout le vaste espace était noirci par une fourmilière d'ouvriers, creusant, bâtissant, sciant, traînant des madriers ou emportant des décombres. Un pont de bateaux reliait cette région active avec l'îlot voisin où un petit fort commandait de ses canons la « Grande Néva, » à l'endroit maintenant couvert par les solides remparts de la citadelle Petropaolosk. Puis le Czar montra à son jeune camarade la petite hutte de bois qu'il avait bâtie de ses propres mains sur un point plus éloigné et qu'on montre encore aux étrangers, comme la première maison construite à Saint-Pétersbourg.

Sur la rive opposée du principal bras du fleuve (précisément là où la statue de bronze du grand Czar domine la Néva, entre les colonnades de l'énorme palais du Sénat et le blanc fronton long et bas de l'Amirauté avec sa flèche d'or) des centaines d'hommes, enfoncés jusqu'aux genoux dans l'eau et la boue, entassaient dans le sol marécageux et traître des quantités de ces énormes piliers en bois qui devaient former la fondation d'une grande partie de la capitale future.

Mais, soudain, un coup de canon retentit dans le dock et le Czar, coupant court à son explication, dit rapidement :

— Je dois aller me remettre au travail maintenant, mon garçon, car aucun chef d'État n'a le droit d'être oisif; son temps appartient à son peuple et non pas à lui-même. Connaissez-vous le chemin pour retourner chez vous ? Eh bien, alors dites à votre père que je lui ferai visite cet après-midi, et nous verrons quelle besogne nous pourrons lui confier. Quant à vous-même, puis-je faire quelque chose *pour vous ?*

— Eh bien, si cela ne vous faisait rien, Pierre Alexeievitch, répondit le jeune homme avec empressement, vous savez, il y a cette petite fille que nous avons dû laisser au couvent à Kief. Il est possible qu'elle ne se trouve pas très contente là-bas ; de toute façon, je sais qu'elle ne peut supporter d'être séparée de nous, aussi je souhaiterais que vous envoyiez quelques-uns de vos hommes la chercher et l'amener ici !

— Je m'occuperai de cela aujourd'hui même, s'écria l'Empereur, manifestement enchanté de cette requête chevaleresque et dépourvue de tout égoïsme.

Pierre tint parole. Le matin suivant même, M. Scobell fut enrôlé parmi l'état-major technique du Czar ; et peu de semaines après, la petite Natalie fit son apparition dans la nouvelle métropole de la Russie. Elle n'avait pas le moins du monde souffert de son voyage, et elle était joyeuse outre mesure de retrouver son compagnon de jeux *Gauthier de Scobell* (1), comme l'aimable petite française persistait à appeler notre héros.

(1) Gauthier est la traduction française du mot Walter.

CHAPITRE VIIl

Le Czar trouve plus fin que lui.

La petite Natalia Stepânovna (comme l'appelaient les Russes)
fut bientôt accueillie en favorite à la Cour ; et, à la grande
satisfaction du Czar, qui, malgré sa violence et sa rigidité,
aimait beaucoup les enfants, elle se prit tout de suite d'affection pour lui. Ils devinrent même si bons amis qu'après une
semaine, les nobles Russes, tout ébahis, purent parfois con-
templer le spectacle inouï donné par leur terrible maître, se
promenant de long en large devant son primitif « palais » avec
une fillette de cinq ans perchée sur son épaule puissante ; le
bras fluet de l'enfant entourant doucement ce cou bruni, pendant que sa joue rosée reposait caressante sur le visage farouche,
devant lequel tremblait la Russie entière.

— Nous devons vous apprendre à parler en bon et honnête
Russe, ma mie, dit un jour le Czar à sa nouvelle favorite qui
commençait, du reste, à apprendre la langue de son protecteur.
Je ne puis supporter de vous entendre parler ce français ma-
niéré qui n'a pas assez d'ampleur pour remplir convenable-
ment la bouche. Si je ne pouvais jamais parler un meilleur
langage que ce fatras sifflant et grinçant, j'aimerais autant

devenir perroquet ! Allons, dooshenka (chérie) que je vous
entende dire bonjour en Russe !

— Zdravstvui, dyadya Petrooshka ! (bonne chance à vous,
oncle Pierre) dit l'enfant de son ton clair et argentin, et Pierre
récompensa le salut en fourrant un morceau de sucre dans la
petite bouche aux lèvres roses.

— Vous ferez bien de la garder avec vous, Pierre Alexeievitch, et de l'épouser dès qu'elle aura grandi, suggéra Walter
Scobell, qui était maintenant tout à fait à l'aise avec le Czar, et
le regardait comme un frère aîné.

— Je ne demanderais pas mieux, si elle veut de moi, dit
l'empereur en riant.

» Qu'en dites-vous Natya? voulez-vous devenir un jour ma
femme? »

— Da konctchno. (Oui, bien sûr), répondit franchement la
petite dame.

Le terrible Czar rit de nouveau, et baisa le gentil visage levé
avec tant de confiance vers le sien.

Mais, de temps en temps, Walter et Natalie trouvaient leur
impérial camarade étrangement triste et silencieux, en dépit
de leurs efforts pour le distraire ; plus d'une fois il s'éloignait
brusquement d'eux comme si leur babil joyeux et leur franc
rire étaient pour lui un supplice. La petite fille aurait voulu
le suivre, essayer de le consoler ; mais le jeune garçon plus
observateur, croyait plus sage de le laisser seul.

En vérité, la tâche gigantesque, et apparemment inutile,
entreprise par le grand Czar, était l'œuvre la plus difficile
qu'ait jamais tentée un mortel, aussi semblait-elle parfois
décourager cet homme énergique lui-même. Transformer seul
et sans aide un troupeau de sauvages ignorants en une nation
puissante, — créer une armée et une flotte, — déraciner par
son seul effort des préjugés et des superstitions séculaires, —
faire tout cela malgré une opposition obstinée au dedans et le

danger croissant au dehors, tout en soutenant une guerre
apparemment sans issue contre le plus grand guerrier de ce
siècle, Charles XII : ce n'était pas chose facile, même pour un
homme tel que Pierre le Grand.

— Je serais heureux de mourir demain si j'étais certain
que mon œuvre durerait après moi, dit-il à M. Scobell, auprès
duquel il se soulageait parfois avec une liberté qui troublait
un peu le calme et prudent Anglais.

Celui-ci avait vu assez de cours pour savoir combien les
confidences des grands sont quelquefois dangereuses pour ceux
qui les reçoivent.

— Mais je sais, continua Pierre, que si un boulet venait
m'atteindre sur le champ de bataille ou un assassin me frapper
par derrière dans quelque nuit obscure (et il n'en manque pas
ici qui seraient contents de le faire, je vous le garantis), tout ce
que j'ai fait serait alors détruit et la Russie retomberait aussitôt
dans son sommeil séculaire. Et voilà que maintenant, juste
quand je commence enfin à obtenir quelque chose, ce jeune fou
de Charles de Suède vient tout gâter avec sa manie d'envahir et
de conquérir tous les pays. Et alors mon clergé, ces gens même
qui devraient m'aider à transformer les sujets que Dieu m'a
donnés, de brutes qu'ils sont en hommes, me contrecarrent
encore plus que les autres et font tout leur possible pour les
garder dans cet abrutissement. — Le croiriez-vous? quand j'ai
envoyé un jeune homme à Venise pour apprendre tout ce qu'il
pourrait sur la manière de construire les vaisseaux en ce pays,
ces misérables prêtres qui pensent que c'est un péché pour
un homme de voyager et de devenir plus instruit, lui ont fait
promettre de ne jamais faire un pas hors de sa demeure tant
qu'il serait à Venise; si bien que quand je l'ai interrogé sur
ce qu'il avait fait pour ne rien apprendre, il m'a dit :

— Je suis resté assis dans ma chambre à boire de l'eau-
de-vie.

Ceci est historique.

Ce qui paraît curieux, c'est qu'un seul homme pouvait calmer le Czar dans ces accès de mélancolie : et cet homme était son fou Balâkireff. Celui-ci, tout bouffon qu'il était, avait une affection réelle pour son maître, même dans ses moments de violence, et il appréciait sa grandeur avec une perspicacité plus grande qu'on n'aurait pu l'attendre de lui.

Walter Scobell contracta une étroite amitié avec cet étrange favori et trouva tant de bon sens sous la folie apparente du bouffon, qu'il partagea tout à fait l'avis de Pierre qui disait souvent :

— Si je devais faire permuter ensemble mon fou et mon premier ministre, le gouvernement n'en irait pas plus mal.

Quand enfin le Czar eut avancé les travaux publics de sa capitale de manière à ce qu'ils puissent être laissés en sûreté sous la direction de deux ou trois ingénieurs étrangers jouissant de sa confiance, il annonça son intention d'aller en personne sur le théâtre de la guerre dans la province baltique d'Esthonie, où sa présence était urgente.

Le terrible Charles XII était encore occupé à la conquête de Pologne ; les généraux suédois laissés par lui en Esthonie avaient été tenus en échec par la stratégie prudente des généraux russes. Ceux-ci, suivant strictement les ordres répétés du Czar, évitaient les batailles rangées, tandis qu'ils usaient les Suédois par des escarmouches et coupaient leurs convois de vivres au point de les mettre plus d'une fois en danger de famine. En un mot, ils employaient contre eux la tactique qui réussit également un siècle plus tard, contre l'invasion plus formidable de Napoléon.

Dans l'intervalle, la nouvelle flotte de Pierre se faisait connaître dans la Baltique en capturant plusieurs vaisseaux de guerre suédois et repoussant de la côte une flottile qui amenait

de Suède, des vivres et du matériel. Cette preuve de la *possi-
bilité* de battre les ennemis, en apparence invincibles, qui
avaient si souvent chassé devant eux, comme des moutons,
des armées russes dix fois plus nombreuses, fut pour les
Russes découragés comme une nouvelle infusion de courage
et de vie. De fait, les chances étaient alors si bien équilibrées
entre les armées belligérantes, que si une force nouvelle était
soudainement jetée dans la balance et animée par la présence
personnelle du Czar et son infatigable énergie, les Suédois
pouvaient facilement être chassés jusqu'au dernier de la province entière.

Vers la tombée de la nuit, un peu avant le temps fixé pour
le départ de Pierre, Walter Scobell, qui déjà connaissait tous
les détours de cette curieuse ville, flânait dans le quartier des
Vasili Ostroff; tout à coup il se trouva en face d'une grande
construction de planches grossièrement taillées, assez semblable à une grange; ce bâtiment avait servi de magasin pendant qu'on édifiait les maisons longeant la grande Néva et on
l'avait abandonné aussitôt le travail fini.

La porte étant à demi-ouverte, notre héros entra par curiosité; mais il y avait réellement très peu de chose à voir : deux
ou trois barres de fer rouillées traînant par terre, plusieurs
bancs en mauvais état rangés le long des murs, une quantité
de boîtes cassées et de tonneaux vides empilés dans un coin,
et c'était tout.

Walter, ayant vu que rien n'était digne de remarque, se
disposait à sortir, quand il entendit le bruit de pas nombreux
se dirigeant vers la porte.

Le jeune garçon supposa naturellement que c'était une des
patrouilles organisées par Pierre pour maintenir l'ordre dans
les rues la nuit, et arrêter toute personne suspecte; ne sou-
haitant pas comparaître comme *personne suspecte* devant son
ami le Czar, après avoir passé une nuit au violon, il se cacha

donc derrière une pile de tonneaux et de caisses dans le coin le plus reculé.

A peine s'était-il ainsi dissimulé que douze hommes environ entrèrent et, de son recoin, notre jeune homme vit aussitôt avec émoi que ce n'était pas la patrouille supposée!

Il en était tout à fait certain, car les patrouilles avaient toujours des falots, et ces hommes n'avaient pas de lumière, de plus ils paraissaient bouger et causer avec une précaution bien étrangère aux habitudes des veilleurs de nuit, hardis et bien armés, qui avaient pour appui l'autorité du Czar lui-même.

Mais, qui étaient alors ces rôdeurs de nuit, qui venaient secrètement dans un tel endroit et à pareille heure? Seraient-ce par hasard des conspirateurs?

A cette pensée, le cœur si vaillant de Walter battit plus fort, car il savait que les réformes à coups de balai du Czar lui avaient fait des ennemis sans nombre et que l'on ourdissait continuellement des complots, contre sa vie. Du reste, des hommes capables de tramer ces complots n'auraient aucun scrupule d'assassiner n'importe quel auditeur subreptice qui pourrait entendre leurs plans.

A peine ce soupçon sinistre lui fut-il venu, qu'il fut changé en certitude lorsqu'il entendit un des intrus dire à voix basse :

— Le *Charpentier* sera à nous demain !

Notre héros savait que ce nom était un sobriquet donné par dérision au Czar, constructeur de vaisseaux, par les mécontents russes ; et il reconnut la voix pour celle du comte Sosnovieff, un noble russe, connu pour son hostilité irréconciliable contre Pierre.

— Tout est-il arrangé, alors? demanda une autre voix.

— Tout, répondit le premier interlocuteur. Koorakof l'amènera ici avec lui demain soir, à peu près à cette même heure, sous prétexte de lui montrer un endroit faible dans la digue du grand canal.

Cet *appas* le fera certainement venir, et aussitôt qu'il atteindra cet endroit-ci, nous sauterons sur lui et la chose sera faite !

Il s'avança témérairement au milieu de ses assassins. (Page 116.)

Alors, avec une horreur indicible, le brave garçon apprit par la conversation de ces scélérats qu'ils complotaient non seulement le meurtre du Czar lui-même, mais aussi le massacre de tous les favoris étrangers ; le père de Walter y com-

8

pris naturellement. Ils projetaient aussi de mettre le feu à la
ville afin que la panique et la confusion universelles facilitent
leur crime.

Ceci fait, ils proclameraient comme empereur le fils de
Pierre, le prince Alexis que son extrême jeunesse et la faiblesse
de son caractère rendaient un simple mannequin entre leurs
mains, ils auraient ainsi tout le pouvoir réel en *leur
disposition*.

— Mais comment faire si le prince lui-même se tournait
contre nous ? demanda une voix dure.

— S'il le fait, dit le comte Sosnovieff froidement, on en
disposera facilement. La Néva est profonde et elle ne raconte
pas d'histoires !

Dans l'intervalle, l'auditeur qu'on ne soupçonnait pas là,
recoquillé dans une position très incommode et n'osant pas
faire le moindre mouvement de peur d'être découvert, trouvait
la position de plus en plus insupportable ; puis, par-dessus le
marché il fut saisi d'un besoin irrésistible d'éternuer, et quoiqu'il étouffât avec désespoir cet éternuement, le bruit qu'il
fit au milieu du silence qui avait suivi la suggestion perfide du
comte fut perçu par l'oreille attentive de l'un des conspirateurs.

— Holà ! quel est ce bruit ? cria l'homme, il semble venir de
ce coin ; quelqu'un nous aurait-il espionné ?

— Comment voulez-vous que ce soit ? vous êtes fou ! dit le
comte avec mépris ; vous savez que personne ne vient ici
maintenant.

— Je veux m'en assurer cependant, grogna l'autre, car si
nous sommes découverts, nous sommes perdus !

Le sang généreux de Walter se glaça quand le conspirateur
se leva pour exécuter son propos ; mais le comte Sosnovieff
s'exclama impatiemment :

— Eh bien ! si vous voulez retirer toutes ces boîtes et ces
tonneaux pour voir s'il n'y a pas un rat derrière, vous pouvez

le faire tout seul, car j'entends arriver la patrouille, et il ne s'agit pas d'être surpris tenant conseil dans l'obscurité. Ainsi, venez camarades ; à demain soir alors !

— A demain soir ! répétèrent les autres avec une sinistre emphase ; et ils s'éloignèrent rapidement.

A l'instant même où ils disparurent, Walter bondit dehors à son tour et courut comme un fou vers le palais du Czar. Mais quel ne fut pas sa désolation quand il apprit que Pierre était parti en barque sur la rivière et ne reviendrait que le lendemain, et pour comble de malheur il vit en arrivant chez lui que son père, le seul homme auquel il pût confier sa terrible découverte, était parti également.

Notre héros ne goûta pas un instant de sommeil cette nuit-là, et si le retour de Pierre avait tardé, le pauvre garçon, préoccupé de l'effrayant secret duquel dépendait la vie de l'empereur et tout l'avenir de la Russie, serait certainement devenu fou d'autant plus qu'il était obligé de cacher son agitation afin de ne pas alarmer les conspirateurs.

Heureusement le Czar revint à une heure matinale et il apprit aussitôt tout ce que savait Walter.

Un homme ordinaire aurait fait saisir immédiatement le plus grand nombre possible des assassins, mais Pierre le Grand ne pouvait se contenter de cela. Il vit l'importance d'écraser d'un seul coup ce formidable complot en ne laissant échapper aucun de ses membres, il résolut donc de leur laisser le temps de s'assembler et de saisir alors la troupe entière.

Puis après avoir donné à un jeune officier de la Garde Impériale l'ordre écrit de se rendre avec ses hommes au lieu du complot à huit heures et demie du soir, Pierre se mit au travail comme de coutume, avec un visage souriant et une voix joyeuse, plaisantant en passant avec plusieurs de ceux qui tramaient son assassinat.

La nuit commença enfin, — une nuit humide, orageuse et

sombre, bien propre à cacher l'œuvre sinistre projetée. Mais Pierre, qui allait témérairement au-devant de tous les dangers comme son grand ennemi Charles XII, sortit seul sous la pluie et marcha droit au lieu du rendez-vous, voulant surveiller lui-même l'arrestation.

Cependant, malgré sa froide exactitude, le grand législateur avait fait une terrible erreur. Ayant en tête, on ne sait pourquoi, que l'heure fixée était huit heures au lieu de huit heures et demie, il atteignit l'endroit une demi-heure trop tôt, et comme on le pense bien, ne trouva pas de soldats du tout.

Mais toujours sous l'influence de cette idée, il resta convaincu qu'ils devaient être à proximité et il entra seul dans le bâtiment qui abritait les traîtres.

— Je voudrais voir les loups dans leur tanière, murmurat-il avec un rire farouche, avant de lancer mes chiens sur eux.

Et poussant brusquement la porte branlante il s'avança témérairement au milieu de ses assassins stupéfiés !

— Une soirée humide, Messieurs, cria-t-il, avez-vous de la place pour un de plus ! il vaut mieux être à couvert par un temps pareil.

Les meurtriers, sachant qu'en une soirée si pluvieuse leur présence sous cet abri n'exciterait aucun soupçon, avaient accroché une lanterne afin de pouvoir accomplir leur sinistre besogne ; aussi tous reconnurent-ils Pierre au moment où il apparut. Ils restèrent d'abord comme pétrifiés, s'attendant à voir ses gardes entrer pour les saisir, mais rien n'arrivant, ils reprirent courage et échangèrent quelques regards significatifs.

— Je vois que je vous ai dérangés, dit le Czar, enveloppant les douze hommes de son regard aigu, j'ai fait monter votre nombre à treize, à ce que je vois, on dit que ce nombre porte malheur, mais sûrement vous ne croyez pas à de telles bêtises ?

— J'ai entendu dire que quand treize hommes sont réunis,

l'un d'eux est condamné à *mourir!* dit le comte Sosnovieff, accentuant ces mots avec une intention sinistre.

— On dit même que c'est toujours le plus *jeune* qui est condamné, répliqua Pierre, et sa voix profonde était bien plus menaçante que celle de son interlocuteur.

Le comte était en réalité le plus jeune de la bande, dont son haut rang et son caractère audacieux seuls lui avaient donné le commandement, aussi tressaillit-il visiblement et lança un coup d'œil féroce à l'empereur.

Mais, quoique Pierre parlât si hardiment, il ne se sentait rien moins qu'à l'aise. Le temps passait, mais ses soldats ne paraissaient pas, et les regards significatifs, les chuchotements des conspirateurs montraient qu'ils s'excitaient l'un l'autre à tomber sur lui tout d'un coup.

Personne d'entre eux à la vérité ne semblait très amateur d'être le premier à l'attaque, ils savaient tous que contre sa force de géant tout homme ordinaire serait comme un roseau devant l'ouragan.

Plus d'un l'avait vu en Hollande couper en deux une perche épaisse d'un seul coup du *kortik* (coutelas court) qui pendai à son côté, mais l'avantage de leur nombre, douze contre un, était de nature à enhardir même des lâches, et pour leur rendre justice ces gens désespérés n'étaient pas des lâches.

Soudain Sosnovieff, murmurant quelque chose au sujet de *pluie qui pénétrait à l'intérieur*, ferma et verrouilla la porte, alors mettant la main sur la poignée de son sabre il dit à ses complices à voix basse d'un ton féroce :

— *Il est temps !*

— *Il est temps* hurla le Czar d'une voix tonnante ; mais le temps est venu pour toi, chien, pas pour moi !

A l'instant sa poigne puissante étreignit la gorge du traître, et ce dernier fut précipité, étourdi et sans connaissance sur le sol. Ensuite Pierre, profitant de la stupéfaction momentanée de ses ennemis, entraîna en la faisant tomber la pile de tonneaux et de boîtes dans le coin, il s'élança derrière cette barricade improvisée, tira son coutelas et resta debout avec un air sinistre, attendant l'attaque.

Pendant un moment la vie du grand empereur et l'existence nationale de la Russie elle-même oscillèrent dans la balance, mais avant qu'un coup ne fût donné, on entendit au dehors un bruit de pas cadencés, un cliquetis d'armes, une voix retentissante et sévère demanda d'ouvrir au nom de l'empereur, mais sans attendre, les gardes enfoncèrent la porte fragile et mirent promptement les assassins dans l'impossibilité de nuire.

Cependant Pierre, furieux de ce que la négligence ou la lenteur (comme il le supposait encore) de l'officier qui commandait l'eût mis à deux doigts de la mort, alla vers lui tout irrité et dit d'une voix tonnante :

— Coquin, est-ce *là* votre exactitude ? pourquoi n'étiez-vous pas ici plus tôt !

Le brave jeune capitaine, ne sourcillant pas sous la menace du bras terrible qui était levé pour l'abattre, déploya avec calme sous les yeux flamboyants de Pierre, l'ordre écrit de sa main et indiqua silencieusement les mots « poloveenoo devyetavo » (huit heures et demie.)

Le Czar tira sa montre hollandaise; il était huit heures et demie, minute pour minute !

— Pardonnez-moi *Colonel*, dit-il franchement, vous aviez raison et j'avais tort.

Et le nouveau colonel vit sa promotion officiellement confirmée le lendemain même (1).

Dans la matinée suivante, Pierre condamna tous les conspirateurs à mort, quoique le prince Menschikoff et plusieurs autres de ses amis le suppliassent de laisser la vie à l'un des

_____

(1) Quelques historiens ont discuté l'authenticité de cette scène, mais elle caractérise trop bien Pierre le Grand pour être passée sous silence.

plus jeunes de la bande, un brave officier d'avenir, attiré dans
le complot par l'astucieuse perfidie des conspirateurs plus âgés,
avant même qu'il ne connût leurs projets.

— Silence ! tonna le Czar, dont la voix irritée sembla ébranler
l'édifice entier, ne me dites jamais qu'un homme peut commettre
une trahison caractérisée sans savoir ce qu'il fait ! Quiconque
conspire contre le bien de la Russie doit mourir, fût-il mon
propre fils !

Ni les auditeurs, ni Pierre lui-même ne pensaient que ces
paroles étaient une prophétie qui aurait une épouvantable réa-
lisation peu d'années plus tard ; mais tous ceux qui les entendirent frissonnèrent.

— Courez chercher Balâkireff, au nom du Ciel ! murmura
Menschikoff à l'oreille de Walter Scobell, placé près de lui ;
« c'est maintenant la seule chance de salut ! »

Walter obéit et quelques instants plus tard apparaissait sur
le seuil la maigre silhouette et la figure drôlement ridée du
bouffon, vêtu de la jaquette à raies et du bonnet pointu de sa
fonction.

Balâkireff n'avait pas besoin d'être poussé à agir comme
intercesseur, car le jeune condamné était son cousin, et, quoique de position et de caractère différents, ils étaient tous deux
fort attachés l'un à l'autre. Mais l'œil perçant du Czar discerna
le fou dès son entrée, et il s'écria avec férocité :

— Cela ne sert à rien, Balâkireff ! Je fais vœu par tout ce
que j'estime de plus sacré, de ne pas accorder ce que tu vas me
demander !

Rapide comme la pensée, le bouffon se jeta aux pieds du
Czar, en criant :

— Je vous supplie, alors, Alexerevitch, de ne pas pardonner
à mon coquin de cousin !

Le Czar, pris ainsi à son propre piège, dévisagea un instant
l'audacieux intercesseur comme s'il eût voulu le faire rentrer

sous terre, puis, avec un de ces brusques changements d'humeur auxquels il était sujet, il éclata d'un rire formidable qui résonnait si faux au milieu du silence sinistre que chacun tressaillit.

— Qu'il vive alors, dit Pierre ; la parole d'un empereur est sacrée. Mais quant à toi, maraud (et il jeta un tel coup d'œil sur Balâkireff que le pauvre bouffon trembla en dépit de l'assurance qu'il affectait), je dois t'apprendre que la trahison contre la Russie n'est pas matière à plaisanterie. Sors donc de ma présence, et ne te montre jamais plus sur le sol russe !

Le pauvre Balâkireff jeta un coup d'œil furtif sur la figure irritée de son maître, avec l'air d'étonnement piteux d'un enfant tout à coup frappé et grondé par son propre père, puis baisant humblement la vigoureuse main brune qui le menaçait, il se glissa hors de la salle les larmes aux yeux.

— Pauvre vieux ! il prend la chose bien à cœur ! chuchota Walter à son père ?

— Je doute que nous ayons vu sa dernière farce, reprit M. Scobell ; il a plus d'un tour dans sa cervelle fêlée, et je parie qu'il saura gagner le Czar lui-même.

Cette prophétie fut rapidement accomplie ; car rien que trois jours après, on vit le bouffon banni, assis dans un véhicule très sortable *pour lui ;* c'était une petite voiture à âne remplie de terre, qu'il faisait passer lentement vis-à-vis le palais du Czar, sous les yeux étonnés de Pierre lui-même !

— Holà, coquin ! cria Pierre à tué-tête, ne t'ai-je pas dit de ne jamais plus te montrer sur le sol russe ?

— Je ne l'ai pas fait non plus, répondit Balâkireff, avec un rire de lutin ; cette terre sur laquelle je suis assis est sol suédois, oui, chaque motte en est ! Je l'ai retiré moi-même avec ma bêche juste de l'autre côté de la frontière de Finlande.

La figure bronzée de Pierre se colora d'une façon significative, et ses yeux lancèrent des éclairs ; mais son ancien compagnon commençait déjà à lui manquer, et les penchants meilleurs d'un cœur, toujours bon et généreux quand la passion n'en étouffait pas les éclairs, plaidaient pour Balâkireff.

— Eh bien, je te pardonne, dit-il à la fin ; mais son noble visage s'assombrit et devint sinistre quand il étendit la main droite vers les terres marécageuses situées de l'autre côté de la rivière, si la Finlande est terre suédoise, maintenant elle sera russe avant peu !

L'histoire a dit avec quel succès ce vœu fut accompli.

CHAPITRE IX

Och an ar det likt sig det slagte, som bor
Bland Nordiska fjellar och dalar;
Och annu pa Gud och pa stalet det tror,
Ari fadernas karnsprak det talar!

Tel était le refrain du chant national favori des soldats suédois de Charles XII et, quand les chanteurs en arrivaient à ce
refrain, des centaines de voix profondes renforçaient le chœur
aux accents sonores que nous pouvons traduire comme suit :

Tels que ceux du vieux temps, sont encore les gens qui habitent au
nord la montagne et la vallée; en Dieu et dans leurs armes, leur confiance
repose encore; leur ralliement est la langue de leurs pères!

Allègrement et bien, chantaient ces robustes guerriers du
nord, à la belle chevelure et aux yeux bleus, par une agréable
matinée de l'automne 1707 ; et, en vérité, ils avaient lieu
d'être joyeux.

Du point le plus élevé de leur camp, à Altranstadt, dans
la grande plaine saxonne s'étendant entre Leipzig et Lutzen,
ils pouvaient voir à la fois deux des grands champs de bataille
où leur héros national, Gustave-Adolphe, avait remporté les

merveilleuses victoires qui ont immortalisé son nom ; et ils espéraient égaler ses triomphes sous leur chef aussi intrépide et aussi résolu que lui. Ils laissaient derrière eux trois années de succès ininterrompus : la Saxe était écrasée ; le Danemarck prosterné aux pieds de son ennemi détesté ; la couronne de Pologne dédaigneusement donnée à un faible usurpateur. Aussi les Suédois victorieux, à la veille d'un élan définitif contre leur dernière ennemie, la Russie, regardaient-ils gaillardement l'avenir, comme leur réservant une nouvelle série de victoires plus brillantes et plus rapides même que celles qui les avaient précédées.

— Nous chasserons devant nous ce troupeau de Russes comme le vent chasse la poussière de leurs interminables landes ! criait un joyeux officier ; pour ma part, je souhaiterais seulement qu'ils soient plus dignes de nous et puissent nous donner plus d'amusement ; il n'y a pas de plaisir à vaincre des gens qui ne savent pas se battre !

— Le seul embarras que nous aurons probablement avec eux, dit un autre en riant, sera de caser nos prisonniers. Vous rappelez-vous à Narva, où ils étaient dix pour un contre nous, 80.000 pour 8.000, nous avons pris trois fois plus de prisonniers que nous n'avions d'hommes pour les garder ; et, ainsi, comme ils étaient trop nombreux pour être gardés et trop inutiles pour être tués, nous avons dû les relâcher !

— C'était la meilleure chose à faire avec une pareille engeance ! continua un troisième. On les avait attrappés parce qu'ils s'embarrassaient dans leurs longs habits en se sauvant ; aussi je suppose que c'est pour cela que leur Czar essaie de raccourcir leurs robes. Mais, à moins qu'il ne diminue en même temps leur poltronnerie, tout cela ne servira à rien, hein, Dardoff ?

Celui qui était appelé « Dardoff » était un jeune homme grand et beau, aux yeux et à la chevelure noirs comme le

jais, dont le frais visage (car il n'avait pas vingt ans) contrastait d'une manière frappante avec sa puissante stature, son
regard impérieux et son port martial.

Il était vraiment changé le fils de Mazeppa, depuis qu'il
avait pris congé de Walter Scobell, à Kief, trois ans auparavant; mais son cœur était toujours le même, quoique « Dardo
le cosaque » ait depuis longtemps fait place au capitaine
Dardoff, ataman (chef) d'une des plus importantes divisions de
cavalerie cosaque au service de Charles XII, et il avait mérité
la réputation du plus hardi cavalier et du meilleur combattant
de toute l'armée suédoise.

— Ce dont je suis fâché, disait le jeune Cosaque, c'est que
mon meilleur camarade, Walter Yakovitch, soit allé du mauvais
côté. Je ne puis pas m'imaginer ce qui l'a poussé à faire cela.
Que peut faire un brave au milieu de poltrons ? c'est tout
comme un gâteau de Pâques avec une seule prune dedans !

— Il doit être un fameux garçon, d'après ce que vous nous
en avez dit, ajouta l'un des Suédois, mais êtes-vous sûr qu'il
qu'il se soit joint aux Russes ?

— Il n'y a pas de doute, car son père est un favori du
Czar et jouit d'un poste à la Cour ; et, là où se trouve le père,
là doit être le fils, car ils étaient toujours inséparables comme
de la *patoka* (mélasse).

— Eh bien, si vous et lui vous rencontrez par hasard
dans la mêlée, remarqua un autre, il y aura un fameux
combat !

— Je souhaite que cela puisse arriver ! cria Dardoff dont
les yeux étincelèrent. C'est un garçon avec qui il fait beau se
mesurer, et ce serait un régal que de le rencontrer encore et
d'essayer qui frappera le plus fort ! Cher garçon ! comme j'aimerais à entendre mon sabre retentir sur son casque, à l'y
sentir pénétrer comme un couteau dans l'écorce d'un melon !
J'espère qu'il aura la chance de mourir en bataille, et plutôt

que de le laisser faire une mauvaise fin dans son lit et y mourir comme une vieille femme, je le tuerais moi-même !

A cet instant, un rire court, aigu, interrompant les souhaits bienveillants de Dardoff pour son ami, fit tressaillir les interlocuteurs ; tous regardèrent autour d'eux et saluèrent respectueusement dès qu'ils virent d'où venait le son.

Un peu derrière eux, un homme de haute taille et solidement bâti était à demi couché par terre, à moitié couvert d'un grossier manteau de cavalier. Il avait dormi ainsi sur la terre nue toute cette nuit-là, qui avait été rien moins que chaude. Son costume était assez simple : un uniforme de drap bleu grossier à boutons de cuivre ; une bande de taffetas noir roussi, tordue négligemment autour du cou ; d'énormes bottes à l'écuyère, brunies par un usage continuel, et des gants de cuir graisseux, couvrant la moitié de l'avant-bras ; il déjeunait avec un morceau de pain d'orge dur. La seule chose qui, à première vue, le distinguait des simples soldats dispersés autour de lui, c'est qu'il semblait étudier attentivement une grande carte de Russie.

Mais quiconque l'aurait observé de plus près se serait bientôt aperçu qu'il était bien plus qu'un soldat ordinaire. Malgré sa jeunesse, car il ne pouvait avoir plus de vingt-cinq ans, il avait le regard perçant, l'air imposant d'un homme né pour le commandement ; son front haut et large, son œil bleu et clair, son air franc de confiance imperturbable en lui-même, attiraient et impressionnaient tous ceux qui le voyaient. Le bas de la figure était moins agréable ; la bouche imberbe semblait taillée dans du fer, la mâchoire carrée, à l'expression féroce, ressemblait à celle du boule-dogue. Quant il riait, c'était avec les lèvres fermées, ce qui produisait un effet peu naturel et assez désagréable.

— Nous demandons pardon à Sa Majesté pour n'avoir pas remarqué sa présence, dit un officier, mais....

— Pas besoin d'excuses, Messieurs, reprit Charles XII gaiement (car cet individu à la tenue si négligée était le roi de Suède lui-même). Je suis content de vous voir le cœur si joyeux à la veille de notre nouvelle expédition ; mon seul souhait serait que vous eussiez une tâche plus digne de vous que celle de rejeter ces sauvages russes dans leurs tanières. Mais courage ; dans l'espace d'un an, j'espère vous conduire à Moscou, et mon bon frère Pierre de Russie pourra se consoler de la perte de sa couronne en bâtissant des masures dans la boue de la Néva. C'est ainsi que Charles se plaisait à parler de la fondation de Saint-Pétersbourg.

— Puis nous tournerons vers le sud et nous enseignerons à ce bigot d'Autriche et à son maître le Pape à être plus polis envers nous autres hérétiques ; et, cela fait, je vous mènerai en campagne plus loin et vous montrerai de meilleur gibier.

A ce moment, un écuyer richement vêtu arrêta sa monture et, saluant le roi, dit respectueusement :

— Sire, c'est l'heure fixée par Votre Majesté pour l'audience du duc de Marlborough, est-ce votre bon plaisir de le recevoir ?

— Qu'il vienne, répondit Charles négligemment.

Aussitôt les officiers suédois se retournèrent pour guetter l'apparition du fameux guerrier dont le nom était connu de tout soldat de la chrétienté, depuis sa merveilleuse victoire de Blenheim où il écrasa momentanément la puissance, jusque-là invincible de la France et changea tout l'avenir de l'Europe.

Ce n'est pas sans raison que le Gouvernement Anglais avait envoyé son plus grand général et son homme d'État le plus roué vers ce camp éloigné ; car un envoyé français des plus distingués était en route pour le même endroit, dans l'espoir de persuader au roi suédois de s'allier avec la France contre l'Angleterre, et de détruire ainsi, peut-être, tout ce que les succès splendides de Marlborough avaient fait.

De nos jours, l'idée que la Suède puisse faire tourner la balance dans une grande guerre européenne semblerait passablement étrange, mais, du temps de la reine Anne, c'était un fait réel.

Le prestige des exploits merveilleux de Gustave-Adolphe dans le siècle précédent et celui des victoires stupéfiantes de Charles XII lui-même sur les forces réunies de la Russie, du Danemark et de la Saxe, avaient donné à la Suède la même importance que la Prusse atteignit un siècle plus tard sous Frédéric le Grand.

La France ne devait pas négliger la chance de se concilier un tel allié, pressée qu'elle était alors par l'Angleterre, l'Autriche et la Hollande coalisées ; son envoyé s'était donc dirigé avec le plus de hâte possible vers le camp suédois. Mais Marlborough n'était pas homme à se laisser damer le pion facilement, soit en guerre, soit en diplomatie. Il réussit à atteindre le camp juste un jour avant le Français ; il s'assurait ainsi la première audience du roi, et la chance de déjouer d'avance toutes les intrigues de son adversaire.

— Le voilà ! Voilà Marlborough ! c'est le grand au milieu ! cria un jeune subalterne suédois tout excité, en indiquant un groupe de cavaliers qui s'approchaient avec l'écuyer du roi en tête.

— Eh quoi ! cet individu-là serait le plus grand guerrier vivant ? s'écria Dardoff avec ironie, n'était sa grande taille, on le prendrait pour une femme en habits d'homme.

En vérité, la beauté presque féminine de sa figure délicate et bien rasée indiquait peu le terrible destructeur devant lequel les premières armées du monde et leurs généraux avaient fondu comme neige. Ce n'était que dans les lignes fermes de sa bouche et de son menton, dans le feu subit qui animait, par intermittences fréquentes, ses grands yeux profonds, que l'observateur le plus minutieux pouvait découvrir quelque signe de ce qu'il était réellement.

A ce moment-là même, dans les préoccupations d'une mission difficile et de toute importance, Marlborough savait trouver un fin compliment ou une plaisanterie bien tournée pour chaque officier de son escorte. En effet, la possession complète de soi-même, qui provient d'une conscience desséchée,

ne manquait jamais à ce traître beau, bien doué, courtois, d'une éducation raffinée, qui avait habituellement une douzaine de mensonges polis et éloquents dans sa bouche bien formée, et une douzaine de bourses d'argent volé dans chaque poche de ses habits de coupe irréprochable.

9

Quand l'envoyé anglais fut annoncé, Charles ne se donna pas la peine de se lever, mais indiqua simplement du doigt un endroit à côté de lui par terre, et dit avec aussi peu de cérémonie que s'il donnait un ordre à un de ses grenadiers :

— Asseyez-vous ici !

Mais cette réception grossière ne fit aucune impression sur Marlborough qui savait aussi bien oublier une insulte qu'un bienfait, quand la nécessité le voulait, et qui ne laissait jamais ses sentiments ou ceux des autres se mettre en travers de ses intérêts. Sans paraître aucunement remarquer les procédés grossiers du jeune roi, il salua respectueusement et s'assit à la place désignée.

Quant le duc se fut installé à terre, Charles étendit sa jambe musculeuse, et, signalant l'énorme botte sale qui la chaussait, à l'admiration de l'Anglais, il cria :

— Mes bottes de cheval ne sont-elles pas excellentes? Je ne les ai jamais quittées depuis six ans, excepté quand j'étais au lit (1)!

Les bottes tant vantées avaient bien l'air de ne pas avoir été nettoyées depuis la même époque, et elles étaient secrètement un objet d'horreur pour le duc toujours propre et bien vêtu; mais, avec sa promptitude caractéristique et son habituelle possession de lui-même, il les qualifia de : « dignes des nombreuses victoires qu'elles avaient vues, » puis continua, d'une voix musicale et de la façon gracieuse pour laquelle il était renommé, à offrir les banales félicitations officielles qui servaient de prétexte à sa mission, dont l'objet réel était de connaître les plans du Roi et de l'éloigner de l'alliance française.

Nul homme n'était plus propre à une telle mission que Marlborough.

(1) Ceci est un des sujets de conversation préférés par Charles XII. Dans sa fameuse entrevue avec Auguste II de Saxe qu'il avait détrôné, le roi de Suède ne parla que de ses bottes chéries.

La carte de Russie, déposée près de Charles, fournit au duc l'occasion de lui faire quelques compliments flatteurs au sujet de ses victoires sur les armées du Czar.

Les récentes conquêtes de Pierre le Grand, à l'est du Golfe de Finlande, et la fondation de Saint-Pétersbourg avaient piqué au vif le Roi si têtu, aussi au seul nom de l'empereur, les yeux du jeune conquérant eurent un éclair qui en disait long pour un observateur aussi perspicace que Marlborough, qui, fripon consommé s'il en fût jamais, avait dès longtemps appris à tirer ses conclusions des gestes et regards inconscients de ses interlocuteurs plutôt que de leurs paroles. Alors le perfide duc tourna adroitement la conversation sur la France ; là encore, le politique novice et impétueux ne fut pas à la hauteur du vétéran expérimenté de cinquante-cinq ans.

Les paroles de Charles étaient brèves et apparemment insignifiantes ; mais, quand Marlborough remarqua, comme par hasard, que le grand Roi de Suède n'aurait jamais besoin de l'aide que la France pourrait lui offrir contre la Russie dans l'espoir de l'attacher à sa cause, un flot d'indignation méprisante monta au visage intrépide et résolu du jeune souverain, qui se croyait tout à fait capable de conquérir sans aucun secours non seulement la Russie, mais le monde entier. Cette expression n'échappa point aux yeux baissés et demi-clos qui observaient avec l'attention soutenue du docteur notant tous les symptômes d'un « cas » intéressant.

Sûr que l'envoyé français trouverait à son arrivée une réception plus que froide, l'astucieux anglais émettait, avec un laisser-aller étudié, quelques-uns de ces riens polis dans lesquels il excellait, quand l'étrange entrevue fut troublée par une interruption également étrange.

— Je me ferai rendre justice, quand il me faudrait aller jusqu'au Roi lui-même ! clama une voix exaspérée dans le dialecte des paysans saxons.

Et un rude campagnard arriva, poursuivant de ses paroles irritées et de ses poings menaçants un grand grenadier suédois, qui regardait derrière lui d'un air moqueur.

Charles bondit sur ses pieds criant :

— Si vous demandez justice au Roi, mon brave homme, le voici prêt à vous la donner.

Le paysan hésita un moment, voyant alors, par l'attitude respectueuse des assistants que c'était réellement le Roi qui avait parlé, il dit d'un ton un peu plus calme :

— Rendez-moi justice, alors, Votre Majesté, contre ce misérable brigand, qui vient de m'enlever toute la nourriture de ma famille pour aujourd'hui, et qui ne veut pas me la rendre !

— Qu'est-ce que cela, coquin ? Ne savez-vous pas que j'ai interdit tout pillage ? cria le Roi se tournant vers l'accusé avec un regard qui, comme le disait plus tard ce soldat, semblait le pénétrer comme la lame d'une épée.

— Eh bien, cependant, répliqua hardiment le grenadier, je n'ai pas pillé cet homme aussi fort que Votre Majesté a pillé son maître ; je n'ai pris qu'un poulet, mais *vous*, vous avez pris un royaume.

Le rire court et strident de Charles retentit de nouveau à travers ses lèvres serrées, car il était toujours content de rencontrer cette audace insouciante qu'il possédait lui-même à un si haut degré, et une allusion à ses merveilleuses conquêtes ne manquait jamais son effet. Tirant dix ducats de sa poche, il les tendit au paysan enchanté, puis il dit à l'audacieux soldat :

— Rappelle-toi, mon ami, que j'ai donné le royaume conquis, tandis que tu as gardé la volaille pour toi-même. Je te pardonne pour cette fois ; mais si je te reprends à voler, je te pendrai à l'endroit même !

Sur ce, le Roi prit congé de Marlborough un peu plus poliment qu'il ne l'avait accueilli ; et le duc, après quelques gracieuses flatteries sur la grandeur qui pouvait donner des royaumes comme d'autres donnent des bagatelles, se retira murmurant à part lui avec son sourire tranquille :

— Laissons ces sauvages s'exterminer les uns les autres, c'est ce qui vaut le mieux pour *nous*. La Suède au moins, est hors de notre chemin pour plusieurs années ; quant à ces barbares russes, même s'ils s'en tiraient par hasard, l'Europe ne sera jamais en danger de leur fait.

Marlborough était un grand général, un homme très clairvoyant mais... il n'était pas prophète.

— Qu'est-ce que cette machine là-bas ? demandait Dardoff, revenu seulement le matin même après plusieurs jours d'absence, en montrant à ses camarades suédois une haute plateforme de bois qu'élevaient de nombreux ouvriers dans un large espace dégarni, au centre du camp.

— Ah ! vous ne savez pas ? s'exclama un jeune lieutenant, aussi gaiment que s'il annonçait l'approche d'une fête.

» Ce traître livonien Rainold Pathul, qui a soulevé la Livonie contre nous et aidé notre ennemi le Czar moscovite à prendre Varsovie, va enfin avoir ce qu'il mérite. Une des conditions de la paix conclue entre notre Roi et Auguste de Saxe, était que ce coquin nous serait livré ; dès demain, il sera mis à mort en présence de toute l'armée. »

— Mais ne disiez-vous pas qu'il était Livonien ? interrogea le jeune Cosaque ; car, quoique accoutumé dès son enfance à considérer l'exécution des prisonniers comme parfaitement naturelle, il trouvait ce cas un peu exceptionnel.

» Sûrement le Roi ne peut vouloir tuer cet homme parce qu'il a combattu pour son propre pays ! »

— Ce n'est pas son pays ! s'écria le jeune Suédois avec véhémence. La Livonie appartient à la Suède et n'importe qui ose essayer de la lui ravir pour la donner à la Russie, est un traître et un voleur ; il mérite de mourir comme un chien !

— Le pauvre Dardoff, qui comprenait la manœuvre du

mousquet et du sabre beaucoup mieux que les raffinements
de la politique, parut cruellement embarrassé :.

— Eh bien ! je suppose que cela fait une différence, dit-il
d'un ton perplexe, mais, en vérité, cela paraît dur.

Le vaillant fils de Mazeppa n'était pas le seul homme dans
le camp à qui cela *semblât dur*, quand, le matin suivant, de
bonne heure, apparut vaguement dans toute sa difformité la
terrible roue sur laquelle le condamné devait être lié, la figure
tournée à l'extérieur, tandis que l'exécuteur lui brisait les bras
et les jambes par les coups successifs d'une lourde barre
de fer, puis, le laissait périr dans l'agonie d'une torture,
prolongée souvent pendant des heures ou même des jours
entiers (1).

La mort sur la roue, étant fréquemment infligée aux crimi-
nels du plus bas étage, était un châtiment honteux aussi bien
qu'affreusement douloureux ; de là vient que chez nous, un
homme de mauvaise vie est encore appelé un *roué*, c'est-à-dire
quelqu'un qui mérite d'être rompu sur la roue.

— J'aurais voulu qu'on le mît à mort d'une manière plus
chrétienne, murmurait un vigoureux soldat. Il devait mourir
pour s'être ligué avec les ennemis de la Suède, c'est naturel,
mais, je pense que le roi aurait pu le fusiller ou le faire pendre
décemment. C'est une pitié d'écraser comme un hanneton un
homme courageux.

— Il allait justement se marier avec une dame saxonne, le
pauvre garçon ; on dit qu'elle s'est jetée aux pieds du roi pour
demander miséricorde, mais il ne voulut pas l'écouter.

Ceci fut dit par une toute jeune recrue d'agréable physionomie, qui avait lui-même quitté sa femme à Goteborg quand
le commandement de son roi guerrier l'entraîna au delà de la
mer pour ne jamais revenir.

(1) André Wigdahl, exécuté en Danemark pour parricide, survécut près de
deux jours à cet horrible supplice.

— Elle n'a pas essayé ce moyen-là sur l'homme qu'il fallait! grommela un vétéran balafré qui avait été blessé dans la première bataille de Charles XII, notre Karl (Charles) n'est pas homme à être détourné de son but, par femme ni homme. Te rappelles-tu, Lars, comment la comtesse de Konigsmark, la plus belle femme de toute la Saxe, est venue essayer de conjoler notre roi afin de lui faire donner des conditions de paix moins rigoureuses et comment Karl lui tourna le dos et ne voulut même pas l'entendre parler ? C'était bien fait pour elle, dis-je.

» Mais écoute.... voici venir les tambours voilés! la voiture de mort arrive !

Et maintenant que la sinistre procession s'approchait, un silence soudain et terrible se fit dans ce camp bondé de monde. Au travers ce silence, le roulement lugubre des tambours résonnait creux, ressemblant à un écho de l'autre monde. On aurait dit que tout ce qui avait vie se taisait instinctivement à la sombre approche de la mort.

Le son fatal devint plus fort et enfin le cortège fut en vue. D'abord apparut un fort détachement de piquiers, puis plusieurs escadrons de cavaliers cosaques sabre au clair, un des principaux amis de Dardoff les commandait ; ensuite, drapé de crêpe et tiré par un cheval noir comme le jais venait le char de mort lui-même, Patkul y était assis avec un chapelain auprès de lui. Derrière eux, dans sa tunique rouge sang, se tenait accroupi le bourreau aux bras nus ; l'apathie maussade de ses traits lourds et sans expression était à l'épreuve même de cette tragédie redoutable, dans laquelle il allait jouer un rôle principal. Puis venait à cheval un autre corps de cosaques commandé par Dardoff lui-même, et la procession était fermée par un détachement de mousquetaires, leur arme renversée sous le bras.

Le visage de Patkul était pâle, mais il était assis ferme et

droit, et les yeux innombrables qui guettaient chacun de ses
mouvements ne pouvaient remarquer chez lui aucun signe de
crainte.

— Il fait face à cela comme un homme, murmura Dardoff
avec approbation. Dieu aie pitié de son âme !

En vérité, le brave jeune cosaque avait été plus troublé qu'il
n'eût voulu l'avouer, par la vue de cet acte de vengeance sans
pitié. Dans son esprit impressionnable et superstitieux, ce
sacrifice humain offert au Dieu de la miséricorde la veille d'une
lutte à mort de la Suède contre la Russie, ne présageait rien
de bon pour ceux qui l'offraient, aussi commença-t-il à douter
pour la première fois qu'il eût réellement bien fait d'entrer dans
l'armée du roi batailleur. Quand l'échafaud fut atteint, une
trompette résonna, et un homme de haute taille, coquettement
vêtu de la livrée royale de Suède, déroulant un parchemin, lut
à haute voix ce qui suit :

— Ceci est pour faire savoir les ordres exprès de Sa
Majesté, notre très *clément* Seigneur.

— *Clément !* répéta le condamné avec ironie. Quelle
clémence !

— Que l'homme nommé Rainold Patkul, traître à son pays,
continua la voix monotone et sans expression du lecteur, sera
rompu sur la roue et mis en quartiers comme expiation de ses
crimes et exemple pour les autres, afin que chacun se garde de
la trahison, et serve son roi fidèlement.

— Moi, traître à mon pays ! s'écria Patkul avec indignation,
je ne l'ai servi que trop fidèlement !

L'histoire a fait écho à ces mots touchants !

Il est inutile de s'attarder sur les détails écœurants des
tourments dans lesquels mourut ce martyr de la liberté
livonienne.

Mais il ne mourut pas en vain : bien peu d'années après sa
mort, la belle province pour laquelle il avait donné sa vie fut

arrachée pour toujours à la Suède par le bras vengeur de Pierre le Grand.

Deux jours après l'exécution, le roi Charles, tambours battants, au son des trompettes, avec la plus belle armée de l'Europe, à sa suite le drapeau victorieux de la Suède flottant au-dessus de sa tête et le sang d'un homme innocent sur la conscience, marchait gaiement en avant... vers sa perte.

CHAPITRE X

La tempête éclate sur la Russie.

— Est-ce que l'esprit mauvais voyage sur terre pour que le pays soit ainsi ruiné? J'ai vu la guerre sucer la vie de la terre, et le feu, ce frère du Cosaque, aller devant nous pour nettoyer notre chemin; mais, je n'ai jamais rien vu comme ceci. On dirait un pays que Dieu lui-même a oublié!

Ainsi murmurait avec une apparence de terreur non feinte, très étrange à voir sur sa figure habituellement sans nuage et sans crainte, un jeune homme de haute taille en costume cosaque qui n'était autre que le fils soldat de Mazeppa. Ce disant, il chevauchait lentement dans la grande plaine longeant la rive orientale du Dniéper, de Moghilef à Smolensk, on était à la tombée de la nuit, après une lourde et brûlante journée de juillet, en l'été mémorable de 1708.

Dix mois s'étaient passés depuis que le jeune Cosaque avait été témoin de la mort héroïque de Patkul au camp d'Altranstadt; pendant ce temps l'histoire avait marché à grands pas. L'invasion qui avait menacé la Russie s'était déchaînée sur elle dans toute sa fureur comme un ouragan terrible; Charles de Suède, s'élançant au travers la Pologne conquise vers la frontière russe, à la tête de quarante-cinq mille hommes des plus belles troupes de l'Europe, avait commencé une nouvelle carrière de conquêtes qui semblaient destinées à éclipser toutes les précédentes.

Partout où il allait, le jeune roi emportait tout devant lui, réduisant à l'impuissance l'opposition de la nature et celle de l'homme. Vainement les Russes découragés se retranchaient derrière des rivières rapides ou au milieu de marais où il semblait que nul ne pût les atteindre : Charles passait les rivières à la tête de sa cavalerie, se frayait un chemin à pied au travers les marécages, ayant de la boue jusqu'aux genoux, il s'élançait contre des redoutes hérissés de canons et les emportait par la seule force de son audace. Il dormait sur la terre nue, dans son manteau déchiré, mangeant le pain noir et grossier de ses soldats, et restant souvent en selle plus de vingt-quatre heures en des moments critiques. Il plaisantait sur ses fatigues et ses blessures, alors que tout autre homme aurait été incapable d'agir. Le *Roi de fer*, comme l'appelaient ses hommes avec orgueil, était l'âme la plus forte, la plus hardie qu'il y eût parmi les milliers d'hommes qui suivaient sa bannière.

L'hiver avait fait place au printemps, le printemps à l'été, et la fortune des armes était encore contraire à la Russie. Se précipitant avec une infatigable énergie, les Suédois avaient laissé derrière eux, tour à tour, les landes glacées de Grodno, les formidables marécages de Minsk, le cours fatal de la Bérésina. Puis, se frayant un passage à Moghilef, au travers des eaux du Dniéper, ils avaient franchi la frontière de Russie et campé leur armée entière sur le sol moscovite, au bord de la route menant directement à Moscou.

La perte de la capitale russe paraissait certaine ; Pierre le Grand était désespéré par la série ininterrompue de désastres, qui menaçait de détruire d'un seul coup l'œuvre gigantesque à laquelle il avait consacré les meilleures années de sa vie ;

aussi, par amour pour la Russie, inclina-t-il son esprit
hautain à la tâche amère de demander la paix à un ennemi
assez jeune pour être son fils.

Mais il fut dit avec raison par un sage des temps anciens
que lorsque Dieu condamne un homme à sa perte, il le rend
d'abord fou. Comme Napoléon un siècle plus tard, Charles XII,
aveuglé par une absolue confiance en lui-même, ne vit pas
l'abîme vers lequel il marchait. Il rejeta avec un mépris
hautain la dernière chance de salut offerte par la miséricorde
du Ciel, avant de laisser tomber les foudres de sa colère. Le
défi insultant par lequel Charles scellait sa propre condamnation et celle de son peuple était maintenant porté à destina-
tion par le Cosaque qui chevauchait solitairement dans la
plaine du Haut Dniéper, parmi les ombres de la nuit
tombante.

Le jeune guerrier de l'Ukraine, nourri dans les steppes dès
son enfance, était familiarisé avec les sauvages aspects de cette
lutte imposante des ténèbres contre la lumière. Le globe rouge
du soleil couchant, pâlissant lentement sur l'étendue désolée
de la plaine stérile, — l'ombre épaissie se glissant le long des
rives sablonneuses et des îlots plats de la grande rivière, jusqu'à ce qu'elle voilât tout dans une obscurité mystérieuse, —
le silence de mort à peine rompu par le clapotement monotone
des eaux tristes ou le cri mélancolique de quelque oiseau de
nuit, — tout cet ensemble effrayant n'avait aucune part dans
ce qui causait le regard de stupéfaction terrifiée que jetait
Dardoff autour de lui. Le jeune soldat tressaillait seulement en
voyant ajoutée à la désolation produite par les lois implacables
de la nature, une désolation plus complète et plus sinistre,
œuvre de la main dévastatrice de l'homme.

La Russie qui, même maintenant, ne compte pas cinq villes
ayant plus de 100.000 habitants, était alors, avec plus de
réalité encore, une terre de villages; et, le long de la grand'-

route reliant Moscou à la frontière occidentale, ces chétifs hameaux étaient plus nombreux que partout ailleurs. Pourtant, là où Dardoff avait cru rencontrer un village bien peuplé à chaque tournant, il trouvait, avec étonnement et effroi une scène de ruine, de dévastation, auprès de laquelle les landes ravagées par la guerre qu'il venait de laisser derrière lui, semblaient être un paradis.

Quoiqu'il eût chevauché rapidement depuis l'aurore, pas un être vivant, homme ou animal, n'avait traversé son chemin pendant le jour; et aucun bruit de vie, ni aboiement de chien, ni hennissement de cheval, ni bêlement de troupeau, n'avait interrompu le silence glacial. Cependant, si l'homme ne trouvait plus sa place dans cette région de mort, les traces de sa main destructrice étaient partout.

Dardoff avait successivement dépassé cinq villages incendiés, dont deux avaient été si récemment consumés que leurs cendres fumaient encore. Les riches champs de blé des alentours, déjà mûrs pour la moisson, étaient si complètement détruits qu'une étendue noire et desséchée indiquait seule l'endroit où ils avaient crû. Le jeune homme pouvait voir où les meules de paille et de foin s'étaient élevées, mais les meules elles-mêmes avaient disparu. Une petite taverne au bord de la route, n'ayant pu être brûlée parce qu'elle était bâtie en terre mêlée de cailloux, avait été démolie pierre à pierre, et gisait sur la route en un monceau de ruines informes. Cette rage de destruction semblait s'être étendue jusqu'aux puits même qu'on avait comblés avec des décombres.

Mais l'horreur principale de cette effrayante et mystérieuse destruction provenait de ce fait que la région ainsi ravagée n'avait pas encore été atteinte par les envahisseurs et se trouvait tout à fait en dehors du théâtre de la guerre. Puisque les Suédois ne pouvaient être les auteurs de cette œuvre sinistre, *qui donc l'était ?*

Tout à coup, une idée lumineuse éclaira la physionomie troublée du voyageur. Il s'écria avec une joyeuse excitation guerrière :

— Peut-être est-ce mon *père* avec ses hommes qui sont venus ici pour s'amuser ! Ah ! quand lui et moi serons de nouveau réunis sur le champ de bataille, ce Czar russe, qui ose dire que les Cosaques de l'Ukraine lui appartiennent pourra avoir à y réfléchir !

Tout ragaillardi par cette perspective réconfortante de bataille et de pillage, Dardoff faisait tourner son cheval, quand un effrayant flambloiement rougeâtre éclata un peu au devant de lui, dans l'obscurité devenue plus épaisse.

— Eh quoi ! un autre village qui brûle ? s'écria notre lancier allègrement :

— Ce doivent être nos Cosaques, personne d'autre ne pourrait faire si vite le même ouvrage qu'eux !

Et il piqua des deux vers le théâtre de l'incendie.

Mais, en approchant, son visage s'assombrit de nouveau, car on n'entendait aucun bruit, sauf le crépitement des flammes, et le craquement de quelque poutre qui s'effrondrait. Où étaient les détonations répétées d'armes à feu, le cliquetis bruyant de l'acier, la clameur rauque des assaillants et le *Hourra* perçant du Cosaque ? Ce ne pouvait donc pas être Mazeppa, alors, malgré tout !

Ceci devint plus qu'évident un moment après, car la dernière lueur du soleil couchant, combinée avec la lumière des flammes, éclairait assez pour lui montrer qu'il n'y avait pas un seul homme vivant ou mort, près du petit groupe de huttes incendiées, quoique, évidemment le feu eût été tout récemment allumé.

Ceci laissait le mystère de cette étrange destruction aussi obscur que jamais ; et les terreurs précédentes de Dardoff commençaient à le gagner de nouveau, quand soudain une voix rauque, creuse, sépulcrale, sembla s'élever du milieu des flammes. Cette voix chantait :

Je surgis de la tombe, depuis longtemps mon gîte ; mes os sont blanchis par la pluie, par le vent. Je me lève en vengeur ; car ceux qui ont répandu le meilleur sang de Russie ont réveillé les morts!

Ce chant sinistre était mal calculé pour remettre les nerfs ébranlés du Cosaque superstitieux ; et il tressaillit visiblement, quand une grande forme osseuse, à la physionomie sauvage, vêtue d'une robe semblable à un linceul, surgit du milieu des flammes et vint tourbillonnant vers lui en une sorte de danse macabre ; elle le regarda avec des yeux brillants de la lueur fiévreuse de la folie.

Dans un état d'esprit plus froid, Dardoff eût de suite reconnu cette étrange créature pour un de ces idiots de village, si communs en Russie et dénommés par les paysans *Blajenni* (bénis), comme étant sous la protection spéciale de Dieu. Mais excité comme il l'était alors, il crut sans hésiter qu'il voyait un de ces spectres, auxquels tous les hommes de son temps croyaient fermement.

— Que cherchez-vous ici? demanda le fantôme d'une voix basse et rauque. Il n'y a pas de place pour les vivants parmi les morts.

Ce salut de mauvais augure n'était agréable à entendre pour personne dans un lieu pareil et surtout à une telle heure, venant des lèvres d'une créature qui, en vérité, ne semblait pas appartenir à la terre ; et le fils audacieux de Mazeppa frissonna lui-même au son de ces paroles.

— N'êtes-vous pas un vivant, alors? demanda-t-il en s'efforçant de rire pour cacher l'horreur qui le glaçait malgré lui.

— Non, s'écria l'apparition, agitant ses bras osseux en l'air, d'une manière sauvage ; je suis un homme mort... J'ai été tué

par les hérétiques suédois... C'est pour les pousser à leur per-
dition que je me suis levé d'entre les morts.

Dardoff, malgré toute sa force d'âme, ne put réprimer un
frisson à cette déclaration sinistre, dont chaque mot était pour
lui parole d'évangile : et sa main vaillante tremblait comme

— Bonjour, Tyotka... pouvez-vous me dire si le Czar est ici ? (Page 151.)

une feuille lorsqu'il fit le signe de la Croix, murmurant une
prière à peine articulée.

— De mon vivant, l'on m'appelait *Mitka Blajenni* (Dmitri le
Béni), poursuivit le fou, mais maintenant mon nom est
Gheebel (destruction), car j'apporte la destruction partout où
je vais ; et malheur à celui qui me rencontre, car sa fin est
proche !

Ici les nerfs surmenés du Cosaque faiblirent tout à fait, et,

10

faisant faire volte-face à son cheval qui se cabrait, ruait et paraissait aussi effrayé que lui, il s'éloigna au galop comme s'il avait à ses trousses tous les démons qui peuplaient son imagination crédule. Il était suivi dans sa fuite par les sons grinçants et creux de la lugubre chanson du momaque :

Je surgis d'un sol foulé aux pieds et noirci par l'incendie, pour crier vers Dieu contre nos envahisseurs. Et Dieu, ce Tout-Puissant Sauveur, m'entendra encore, et la gloire de la Suède s'ensevelira dans ma tombe !

Ces paroles sauvages, et encore plus leur sombre prophétie finale, résonnèrent dans les oreilles de Dardoff avec une persistance de cauchemar pendant qu'il chevauchait de l'avant au travers les ténèbres. Elles l'accablaient encore, quand enfin, il fit halte pour la nuit. Il se rappelait, en effet, qu'il avait encore à fournir une longue traite avant d'atteindre l'endroit où il devait donner son message au Czar; ayant donc étrillé son cheval fatigué, il s'étendit à côté pour se reposer; mais, il ne put goûter le repos. Des visions confuses et horrifiques hantaient son sommeil fiévreux et agité, lui présentant des images de villes incendiées, de retranchements emportés d'assauts, d'armées battues et fauchées par la mitraille et le fer; les figures connues de ses camarades suédois morts, déformées par les sabots des chevaux lui apparaissaient, et tout cela jusqu'à ce qu'il s'éveillât en sursaut; il poussa un cri et se promit bien de ne plus dormir.

Mais un spectacle plus émouvant encore lui était réservé.

Les premiers rayons du soleil lui découvrirent un autre village à quelque distance. Autour de ce village, une foule de gens étaient sans cesse en mouvement; à cette vue subite d'êtres vivants, après toute la désolation morne et silencieuse des jours précédents, le cœur de notre voyageur bondit, comme s'il était délivré du poids d'un cauchemar.

Mais quand Dardoff approcha et vit ce à quoi ces gens étaient occupés, il crut presque rêver encore.

Les paysans étaient évidemment sur le point de quitter leur lieu de naissance, car les quelques voitures grossières qu'ils possédaient étaient bourrées d'enfants, de femmes ou d'hommes infirmes. Mais au lieu d'essayer de déménager de même leurs meubles, quelques-uns étaient en train de les briser en morceaux avec des massues ou des haches, tandis que d'autres abattaient les arbres à fruit qui poussaient çà et là, ou se hâtaient d'obstruer le puits du village avec des pierres, de la terre et des bûches.

On remarquait dans la foule deux jeunes gaillards fortement bâtis, vêtus de tuniques de peaux de mouton, portant entre eux un homme âgé avec de longs cheveux blancs. Ses membres paralysés pendaient inertes et morts, mais son visage, quoique maigre et ridé, était empreint d'un air de puissance et d'énergie que ni l'âge ni la faiblesse n'avaient pu détruire.

— Soulevez-moi, mes gars, dit-il, que je voie la vieille hutte une fois encore, avant qu'elle ne s'écroule. Elle m'a abrité soixante ans et plus, mais il vaut mieux qu'elle soit détruite que d'abriter les ennemis de la Vraie Foi et de la Sainte Russie! Adieu, vieille maison! ajouta-t-il, s'adressant aux poutres inanimées, comme si elles pouvaient l'entendre. Je t'aime bien, mais il ne faut pas que je te refuse à la cause de Dieu!

Alors enlevant une torche à quelqu'un de la foule, le vieux héros mit résolument le feu au seul abri de sa vieillesse pauvre et impuissante.

— Bien dit, *Grandad Yérémeitch!* (fils de Jérémie), s'écria un jeune paysan qui se tenait là tout près ayant à ses côtés une jolie fille, dont la coiffure particulière la désignait comme une nouvelle mariée. J'ai bâti cette hutte de ma propre main et de ma hache, pour nous servir de domicile à Marie que voilà et à moi ; mais nous en faisons sans regret le sacrifice à la patrie.... n'est-ce pas, Marie?

— Oui certes ! dit sa jeune épouse avec emphase, et d'une main ferme elle enfonça un morceau de bois pointu et enflammé dans le chaume sec de sa nouvelle demeure.

Précisément alors Dardoff, qui avait observé ces étranges opérations avec le plus profond étonnement, alla vers eux et leur cria :

— Soyez prospères, frères ! pourquoi donc détruisez-vous ainsi vos demeures, je vous prie ?

— Comment, camarade, venez-vous donc de Turquie ou de Tartarie, ou bien de quelque lieu au delà de plusieurs royaumes, que vous ne sachiez pas ce qui se passe dans le monde ? demanda avec indignation un gros paysan; ces païens de Suédois ont envahi la sainte Russie pour combattre notre père, Piotr Alexeievitch et détruire notre mère, la blanche Moscou. C'est pour cela que nous brûlons nos maisons et nos récoltes le long de leur ligne de marche, afin que ces infidèles ne trouvent plus ni vivres ni abri sur le sol russe.

— Oui, dit avec un rire farouche un autre vieux soldat invalide, les hérétiques ne trouvant que le Carême jusque bien loin d'ici, seront bien obligés d'observer les jeûnes de l'Église, qu'ils le veuillent ou non ! Quant à nous, Dieu, qui veille sur les oiseaux pendant l'hiver, veillera sur des hommes ayant sacrifié leurs demeures par amour pour Lui.

— Eh ! certainement ! cria le jeune marié, vous savez qu'Otetz Arkâdi (Frère Arcadius) nous a dit que puisque tout ce que nous avons nous a été donné par Dieu, ce n'est pas trop de le Lui rendre quand Il le demande.

— Puis, ajouta la voix grêle et enrouée d'une vieille femme, ce n'est pas pour longtemps, car vous savez aussi que le Ciel a accordé à Mitka Blajenni des mystères que les hommes ne savent pas, et il nous a dit que ces païens pourront avancer jusqu'à un certain point, afin qu'ils s'enorgueillissent pour leur propre perte ; alors Dieu soufflera sur eux du souffle de sa colère et les balayera de la terre.

Le jeune Cosaque sursauta au nom de Mitka Blajenni, se rappelant que le sauvage compagnon de sa nuit précédente s'était lui-même dénommé ainsi ; mais il refoula son émotion et demanda avec une insouciance apparente si le Czar était encore à Sosnovka.

— Oui, il y est, répondit le vieillard infirme, vous êtes donc en route pour aller le rejoindre, mon fils ? Bien, j'en suis heureux ; on dit, et c'est une honte rien que de parler d'une pareille chose, on dit qu'il y a parmi vos frères de l'Ukraine quelques misérables qui se sont joints aux hérétiques contre la sainte Russie, et ont trahi la vraie Église comme Judas a trahi Notre Seigneur. Sûrement de tels pécheurs se mordront les lèvres de honte quand Dieu leur demandera comment ils ont gardé sa loi.

— Vous avez raison, *dyedooshka* (grand-père), cria l'un des deux géants qui portaient le paralytique, et j'aimerais mieux n'être qu'un infirme comme vous qu'un traître dont tout chrétien détourne le visage avec dégoût.

Chaque mot de cet entretien entrait comme un coup de poignard dans le cœur de Dardoff qui, jusque-là, avec un véritable sans-souci cosaque, ne s'était guère préoccupé de la justice de cette guerre et n'avait encore jamais pensé qu'il combattait contre sa religion et sa propre race. Mais les ardentes paroles du vieux patriarche s'imprimaient dans son âme par leur force accusatrice en caractères ineffaçables, aussi ce fut avec un regard troublé et une voix faiblissante qu'il demanda la route de Sosnovka, puis, éperonnant désespérément sa monture, il s'enfuit.

Cependant la rapidité de sa course ne pouvait éloigner le sanglant reproche, gravé dans son esprit par les paroles du vieillard, et plus amer encore parce qu'il était inconscient. A cette cause d'inquiétude s'en joignait une autre que toute cette scène ne pouvait manquer de suggérer à quiconque comme lui était né soldat.

Jusqu'alors, il n'avait pas eu le moindre doute sur le triomphe final de la Suède. Les Suédois marchant contre Moscou, la ville tomberait, alors on verrait la fin et de la guerre et de l'Empire russe. Mais maintenant, pour la première fois, il commença à se demander si cette chute de la capitale amènerait la soumission de millions d'hommes, animés de sentiments semblables à ceux des paysans qu'il avait vus détruire sans murmure tout leur avoir, dans l'espérance d'arrêter la marche des ennemis de leur patrie.

De plus, était-il certain, après tout, que les Suédois atteignissent Moscou? Ils en étaient encore à plusieurs centaines de mille ; le pays venait d'être changé en désert par ses propres habitants; leurs hommes et provisions diminuaient de jour en jour, et ni hommes ni provisions ne pouvaient être remplacés au sein de cet empire hostile, ainsi que Napoléon l'apprit plus tard à ses dépens dans la même contrée. Les provisions ne pouvant donc durer toujours, qu'arriverait-il quand elles viendraient à manquer ?

Dardoff lui-même n'osait donner à cette menaçante question la réponse terrible que l'impitoyable logique des événements tenait en réserve pour quelques mois plus tard. Mais il s'efforçait en vain de rejeter ces idées loin de lui, ainsi que l'affollante pensée qu'il avait agi de façon à être méprisé comme traître et renégat par ces rudes paysans eux-mêmes. Tout cela pesait si lourdement sur son âme intrépide qu'en apercevant enfin Sosnovka, il se sentit accablé comme un condamné approchant du lieu de son exécution.

Il ne tarda pas à découvrir les quartiers du Czar, consistant seulement en une grossière hutte de bois, entourée d'une rude palissade derrière laquelle Dardoff aperçut une femme vulgairement habillée, très occupée à laver une chemise de laine toute souillée.

— Bonjour, tyotka (tante), cria-t-il, pouvez-vous me dire si le Czar est ici ?

— Il est ici, dit la femme qui découvrit, en levant la tête, un étrange petit visage bruni, animé par un œil brillant, sans cesse en mouvement, rappelant celui de l'écureuil. Désirez-vous le voir ?

— Je lui apporte un message de la part du roi de Suède, répondit Dardoff, voulez-vous avoir la bonté de le lui dire et de prendre ceci pour vous acheter un ruban rouge à la foire prochaine ?

Ceci, c'était un *polteenik* d'argent, un demi-rouble qu'il lui tendait tout en parlant.

Le regard de la lessiveuse alla de la pièce d'argent au voyageur pendant que ses traits peu gracieux s'éclairaient plaisamment d'un petit sourire drôle ; alors, prenant la monnaie sans mot dire, elle entra dans la hutte, tandis que Dardoff pénétrait dans l'enclos et attachait sa monture à un poteau.

Il avait à peine fini, quand une voix frêle s'exclama joyeusement :

— Dardo ! Dardo !

Et une petite fille, dans laquelle il eut peine à reconnaître son ancienne compagne de jeu, Natalie, accourut pour l'embrasser.

— Je pensais bien que c'était vous, criait-elle; je suis si contente de vous revoir. On disait que vous aviez rejoint ces méchants Suédois, mais je savais bien que ce n'était pas vrai; je savais que vous ne voudriez pas combattre bon oncle Pierre.

Avant que Dardoff, tressaillant sous l'ironie amère, quoiqu'inconsciente, des paroles de l'innocente enfant, eût pu répondre, une voix profonde retentit derrière lui.

— Ce gentilhomme est donc de vos amis, Natasha?

— Oh oui ! dit l'enfant, c'est Dardo, oncle Pierre, le fils de Mazeppa, vous savez.

Les traits imposants du Czar revêtirent une expression de menaçante colère, au nom de Mazeppa, qui avait déjà fait tant de mal à la Russie et se préparait à en faire plus encore. Mais, pour la nature russe de Pierre, un *hôte* était sacré, quel qu'il fût et, refoulant son irritation par un puissant effort, il dit au jeune *Ataman :*

— Vous avez fait une longue chevauchée, aussi devez-vous avoir faim. Entrez et partagez ce que Dieu nous a envoyé, puis vous me direz votre message.

Les proportions athlétiques et la taille gigantesque du Czar plaisaient à l'œil militaire de Dardoff, autant que l'entourage simple de Pierre étaient aux goûts du jeune Cosaque ; et quand, en suivant son hôte impérial dans la petite salle au sol de terre battue, il vit une table de sapin rugueux couverte de fromage de Hollande, de jambon fumé et d'un grossier pain noir, il murmura approbativement :

— Il a vraiment l'air d'être un *homme*, et il vit aussi simplement que Charles de Suède lui-même ; il doit valoir quelque chose après tout. Peut-être n'est-ce pas sa faute s'il sait lire et écrire, il se peut que ses parents le lui aient appris quand il était enfant et ne pouvait pas les empêcher !

Mais tout ceci fut oublié un moment après, quand la petite femme au brun visage entra et s'assit à table, tandis que Pierre lui faisant un léger signe de tête, dit tranquillement :

— Je crois que vous avez déjà fait connaissance avec ma femme?

— Votre femme ! fit écho le Cosaque déconcerté, chez qui jaillit comme un éclair l'idée qu'il venait d'offrir une pièce d'un demi-florin à l'impératrice de Russie.

Pierre rit tout haut ; mais la czarine, voyant que le jeune

homme était réellement honteux, détourna la conversation avec cette tranquille possession d'elle-même qui ne manquait jamais à cette femme extraordinaire. Elle avait du reste l'expérience des hasards de la fortune, ayant commencé la vie comme esclave esthonienne, pour la terminer comme seule souveraine de Russie; et, elle était, sur le trône du plus puissant empire de l'Europe, tout à fait la même qu'elle avait été comme cuisinière d'un curé de campagne et femme d'un dragon suédois.

Dans l'intervalle, Natalie ignorante de ce quiproquo, se consacrait à son ami Dardoff nouvellement retrouvé; elle insistait, au grand amusement du czar pour le nourrir de ses propres mains de morceaux choisis, de saucisse et de fromage. Elle lui racontait en son joli babil ses aventures depuis qu'ils étaient partis de Kief, sa vie à Saint-Pétersbourg avec Walter Scobell et son père, et comment, quand les Suédois avaient commencé leur marche en avant, *oncle Pierre*, *tante Catherine* avaient voulu qu'elle restât à la maison pendant qu'ils allaient avec l'armée.

— Mais je ne voulus pas faire cela, naturellement, dit la petite héroïne française avec orgueil; qu'auraient pensé de moi M. Scobell et Wladimir (Walter)? Je l'appelle Wladimir maintenant, parce que vous savez qu'oncle Pierre dit que je ne dois parler absolument qu'en Russe! M. Scobell aurait été si content de vous voir, et Wladimir aussi; encore l'autre jour, ils se demandaient où vous étiez; maintenant ils sont justement partis avec les soldats.

Elle bavarda ainsi jusqu'à la fin du repas, alors l'empereur, se tournant vers Dardoff, dit d'un ton imposant :

— Maintenant, quelle réponse Charles de Suède fait-il à mes propositions?

— Il m'a ordonné de vous dire, répondit Dardoff, qu'il conviendra avec vous des conditions de paix quand il vous aura rejoint à Moscou.

Le visage du Czar ne changea pas à l'énoncé de ce défi insultant, mais sa main puissante se crispa sur la coupe de métal
qu'elle venait de poser et l'écrasa comme du papier.

— J'ai entendu dire, répliqua-t-il avec un calme rigide,
plus terrible que la colère la plus furieuse, j'ai entendu dire
que mon frère Charles fait son étude favorite de la vie
d'Alexandre le Grand et il semble vouloir jouer lui-même
le rôle d'Alexandre, mais il ne trouvera pas en *moi* un
Darius.

Disant ces mots, il se leva, et Dardoff, pensant que l'entrevue
était terminée, se leva également intimidé pour la première
fois par un esprit plus fort que le sien.

Parmi ses sauvages camarades de l'Ukraine, il n'était pas
rare de voir de braves gens se donner mutuellement la mort
dans un soudain éclat de colère qu'ils ne savaient pas refréner;
mais jamais encore le jeune guerrier n'avait vu un homme
assez grand pour laisser passer une mortelle insulte comme
indigne de remarque, et refouler sa colère naissante par un
simple effort de sa volonté.

Cependant Natalie, voyant Dardoff se préparer au départ,
s'élança et le saisit par le bras.

— Vous n'allez pas repartir si tôt, Dardo? implora-t-elle,
maintenant que vous êtes revenu, ne resterez-vous pas pour aider
oncle Pierre à combattre les Suédois?

Le jeune Ataman resta muet et baissa les yeux, car, malgré son intrépidité, il n'osait pas dire à cette enfant innocente
et confiante que ce qu'elle se refusait à croire était vrai et qu'il
s'était ligué avec les ennemis mortels du protecteur et ami de
l'orphelin.

Mais la compatissante Czarine vint promptement à son
secours.

— Quand ce gentilhomme reviendra nous voir, dooshenka
(chérie), j'ose dire qu'il restera plus longtemps; dit-elle ne se

doutant aucunement que ces simples paroles étaient une terrible prophétie.

» Nous ne devons pas le garder maintenant, car il doit porter notre réponse au roi de Suède, qui vient précisément de nous envoyer un message.

— Et le roi Charles fera-t-il la paix, alors? demanda l'enfant qui était manifestement au courant de la politique russe.

— Non, il ne le veut pas, dit Pierre, il dit qu'il va venir prendre Moscou.

— Mais vous l'empêcherez, n'est-ce pas? cria Natalie pensant évidemment que nulle tâche n'était trop rude pour son ami le Czar.

Pierre fronça le sourcil et se détourna sans répondre. Natalie resta quelques instants silencieuse et pensive, puis elle s'élança vers l'Empereur et, prenant dans ses deux petites mains la main puissante qu'il avait laissée tristement retomber, elle dit avec empressement :

— Oncle Pierre, faut-il beaucoup d'argent pour entretenir vos soldats?

— Beaucoup, ma chérie, dit Pierre lissant tendrement sa douce chevelure.

— Et n'aviez-vous pas dit, continua-t-elle, que ces perles brillantes trouvées dans mon collier par M. Scobell, des diamants comme vous les appeliez, valaient très cher?

— Ils valent cher en effet, répondit l'Empereur, souriant malgré lui.

— Eh bien! alors, cria joyeusement l'enfant, prenez-les et payez vos hommes avec l'argent!

— De la bouche des enfants, Dieu a fait sortir la force, dit le Czar, avec un éclair de joie solennelle sur son visage fatigué.

» Ceci est notre réponse, ajouta-t-il en se tournant vers

Dardoff; retournez, et dites à Charles de Suède que vous avez
vu des enfants offrant tout leur avoir pour défendre la Russie
contre lui, et de pauvres paysans détruisant leurs demeures
pour l'arrêter dans sa marche. Dites-lui aussi, qu'avec l'aide
de Dieu, nous lui apprendrons avant peu que l'homme qui
combat pour sa propre et vaine renommée n'égale pas celui
qui combat pour sauver sa patrie !

Par cette phrase, le grand législateur résumait sa vie entière. La prospérité de la Russie fut sa seule pensée depuis
que, jeune homme inexpérimenté, il monta sur le trône à
dix-sept ans à peine, jusqu'à l'heure suprême où, étendu mou-
rant près de cette mer qu'il avait tant aimée, il prononça ces
nobles paroles qui vivront à jamais dans l'histoire :

— J'ai confiance que le grand Dieu qui a été avec moi
toute ma vie me pardonnera miséricordieusement mes nombreux péchés, en considération du bien que j'ai essayé de
faire à mon pays.

CHAPITRE XI

Un combat dans les ténèbres.

C'était pendant la nuit du 22 septembre 1708. L'obscurité profonde s'étendait sur le camp fortifié formé par les Russes pour protéger Smolensk contre les Suédois approchant; trois hommes, assis côte à côte contre un affût de canon à l'extrême droite de la position, pouvaient à peine se distinguer l'un l'autre pendant qu'ils rompaient le pain noir et dur qui composait à lui seul tout leur souper.

— Je ne pourrais pas vous appeler *timide*, colonel Scobell, dit une voix profonde (celle d'un Russe, évidemment), car une telle qualification ne peut être donnée à un homme qui, seul, et portant l'étendard de son régiment roulé autour de son cœur, s'est frayé un chemin à travers un escadron de hussards suédois; cependant, je ne vois réellement aucune cause à votre anxiété. Si les Suédois nous attaquent, nous sommes 16,000, dans un camp fortifié....

— Et vous étiez 80,000 dans un camp fortifié à Narva, observa tranquillement Jacques Scobell, alors colonel des dragons russes et principal favori du Czar lui-même.

— Il y a huit ans de cela, et nous avons appris à combattre, depuis, grogna l'autre; car la déroute de Narva était au xviiiᵉ siècle, en Russie, un souvenir aussi douloureux que là prise de Sedan l'est maintenant en France.

— Eh bien, à Minsk, ce n'était pas il y a huit ans, ni même il y a huit mois, répliqua Scobell, et là où vous aviez également un camp fortifié et 20,000 hommes dedans, vous vous rappelez ce qui est arrivé.

— Ne le sais-je donc pas? gronda le Russe, je disais justement au pauvre Khanikoff (qui tomba à mes côtés ce jour-là), qu'avec une rivière gonflée devant nous et un marais profond derrière, aucun ennemi ne pouvait nous atteindre sans ailes.... Tout à coup on entendit un plongeon et un hourra, le Suédois Charles, lui-même, arrivait en nageant au travers la rivière à la tête des gardes. Il tomba au milieu de nous comme la foudre, tandis que sa cavalerie, ayant passé le marais de vive force, nous prit en arrière. Ils nous donnèrent là un fameux avertissement. Encore un coup de sabre comme je reçus ce jour-là, et je n'aurais jamais plus mal à la tête. Oui, le roi de Suède est un hardi gaillard, il n'y a pas à le nier, mais toute sa hardiesse ne le mènera pas à Moscou.

— Il n'en est maintenant qu'à dix jours de marche, dit Scobell sèchement.

— Ses hommes ne peuvent marcher pendant dix jours sans nourriture, cependant, et il n'en trouvera pas sur la route, nos paysans ont veillé à cela. Notre empereur a dit avec vérité que les deux meilleurs officiers de Russie sont le général Golod et le général Kholod (Zormine et Gelée).

— Le général Gelée semble être absent, en permission pour le moment, dit une troisième voix en riant, car on me dit que cet été est le plus long et le plus chaud qu'on ait jamais connu en Russie, et il ne fait pas mine de vouloir fraîchir.

— Eh bien, cela fera tout autant de tort à l'ennemi, cria le Russe opiniâtre, car ce Cosaque qui a déserté de chez eux la nuit dernière nous a dit qu'il y avait beaucoup de maladies parmi eux, et que leur effectif avait diminué d'un bon tiers depuis qu'ils avaient quitté Grodno au printemps dernier.

— Et il a dit aussi que mon vieil ami Dardo, le fils de Mazeppa, était avec les Cosaques dans le camp de Charles, dit le troisième interlocuteur, qui n'était autre que Walter Scobell, devenu un jeune homme puissamment bâti, capitaine dans le régiment de son père.

— Je voudrais qu'on eût une trêve d'un jour ou deux, pour me donner la chance de causer avec lui, j'aimerais à le rencontrer de nouveau.

— Tu peux le rencontrer plus vite que tu ne t'y attends, dit son père d'un ton sinistre dans sa signification ; et quant à des trêves, ce n'est pas le temps d'y penser. Je te garantis que tout ce que nous avons eu de combats n'est rien en proportion de ce qui va commencer ; et je me trompe bien si nous n'en tâtons pas cette nuit même !

Au même moment, comme pour vérifier ce pronostic, le silence fut rompu par un coup de feu lointain, puis par d'autres encore et se suivant si rapidement qu'on eût dit le son d'un bâton râclant une grille. Alors l'artillerie ajouta sa basse profonde et sonore à ce concert macabre, et les trois hommes sautant debout, se hâtèrent vers leurs postes respectifs.

Il n'était pas trop tôt, car tout à coup un crépitement de mousqueterie éclata beaucoup plus près d'eux, et une clameur rauque de *Sverige ! Sverige !* (Suède) leur apprit que le camp était assailli de ce côté là aussi.

Tout ce qui suivit fut comme la confusion d'un cauchemar, car c'est réellement ce à quoi ressemblent presque toutes les attaques de nuit. Vous sautez debout à la suite d'une alarme soudaine, vous voyez indistinctement au travers la lueur indécise vos camarades tomber sans aucun signe qui révèle un ennemi, et tout à coup vous courez vers un adversaire, que vous n'avez pas même vu, ou vous fuyez devant lui. On

n'entend pas la moitié des ordres, on n'exécute pas l'autre
moitié; les forces adverses surgissent çà et là comme au
hasard. Souvent un corps de troupe vient occuper l'endroit
qu'il faut, par accident, et gagne une victoire sans le savoir.
Des hommes sortent de l'obscurité pour un instant puis dis-
paraissent encore comme des fantômes; tout est comme un
jeu de cache-cache délirant, éclairé par la lueur intermittente
du canon et de la mousqueterie. A un moment, il s'en faut peu
que vous ne soyez tué par l'erreur de vos hommes qui tirent
comme des sauvages dans toutes les directions, excepté la
bonne; l'instant suivant, vous vous trouvez soudainement
prisonnier, vous étant jeté tout droit parmi les ennemis dans
l'idée de rejoindre un poste ami.

Il en était ainsi dans le cas présent.

En un clin d'œil, Walter se trouva séparé de son père et du
corps principal de ses camarades.

Il se frayait un chemin en combattant, suivi seulement d'une
douzaine d'hommes, au travers d'un tourbillon d'ombres qui
semblaient emprunter leurs formes et leur consistance aux
ténèbres environnantes. Puis, sans savoir ni comment ni pourquoi il poursuivait, autour de deux ou trois pièces d'artillerie
légères qu'ils essayaient d'enclouer, quelques individus coiffés
du casque suédois quand, tout à coup, une douleur aiguë et
cuisante traversa son épaule gauche, pendant que l'homme qui
lui faisait face tombait lourdement à terre. Walter était tout à
fait inconscient de l'avoir terrassé, cela, sa blessure, et tout le
reste étaient pour lui comme un rêve trouble.

Soudainement son cheval butta et tomba, le précipitant la
tête la première sur un affût de canon, avec une telle violence
qu'il resta complètement étourdi.

Quand il revint à lui, tout était calme aux alentours, sauf le
gémissement des blessés; mais, au loin, vers la gauche, retentissaient le tonnerre et le crépitement d'un feu nourri, et une

faible lueur de flammes naissantes, commençait à serpenter
dans les ténèbres.

Quoique jeune capitaine, Walter était déjà un vieux soldat,
aussi devina-t-il aussitôt que l'assaut si aisément repoussé sur
la droite des Russes n'avait été qu'une feinte, et que l'attaque
réelle était faite sur la gauche. Sautant sur pieds, il reconnut

Il s'éloigna sans bruit dans le sol sablonneux. (Page 185.)

son clairon allemand dans un homme anxieusement penché
vers lui.

— Sonne le ralliement, Deutz, et réunis nos hommes,
cria-t-il, il y a de la besogne pour eux là-bas !

Ses quelques dragons à portée, accoururent aussitôt, poussant de naïfs cris de joie à la vue de leur *kapitan* favori
encore en vie et légèrement atteint. Se plaçant à leur tête,
Walter s'élança à franc étrier vers le théâtre de l'action.

11

Il n'avait deviné que trop vrai.

Le roi suédois, pendant l'attaque simulée sur la droite de la position, avait porté vers la gauche tout l'effort de son corps principal ; chargeant avec son habituelle impétuosité, il avait tout renversé devant lui.

Quelques Russes, déjà moins ignorants de l'art de la guerre, firent une résistance obstinée ; mais la masse, composée de nouvelles recrues voyant le feu pour la première fois, fut prise de panique, ne doutant pas que le « roi hérétique, » contre lequel le nombre et la force ne pouvaient rien, était assisté par l'esprit mauvais lui-même.

Le commandant en chef des Russes fit cependant tous ses efforts, quand il était trop tard, pour repousser l'attaque à laquelle il s'était refusé de croire. Ralliant une partie de ses meilleures troupes, il arrêta un moment la déroute et, pendant qu'il faisai t l'impossible pour tenir tête aux Suédois, il envoya en toute hâte un aide de camp pour amener la réserve, formée principalement de cavalerie tartare. Mais les Suédois victorieux se frayèrent un chemin, en dépit de toute résistance, et incendièrent le camp russe ; la bataille était presque entièrement perdue, quand le tonnerre d'un galop effréné annonça que le secours était proche.

Ils accouraien t en effet, les sauvages cavaliers tartares, leurs formes naines, simiesques, leur visage bruni, où brillaient les yeux et les dents, semblaient tellement sinistres et infernaux, que les Suédois, à leur tour, crurent que les ennemis, désespérant de les vaincre par la valeur humaine, avaient appelé à leur aide une armée de démons.

Pendant que les Tartares, comme un ouragan, poussaient en avant leur charge effrénée, un grand corps de cuirassiers suédois, commandé par un homme de haute taille au vêtement de drap bleu, renversa tout sur son passage et s'élança impétueusement à leur rencontre. Les deux masses de cavalerie s'entrechoquèrent avec un fracas qui fit trembler la terre. On voyait la flamme des pistolets et la lueur des sabres jaillir dans les ténèbres comme des étoiles filantes, selon que les combattants, discernant à peine l'ami de l'ennemi dans le nuage de fumée qui les enveloppait, frappaient aveuglément tous ceux qui passaient à leur portée.

Dans ce tohu-bohu à rendre fou, tout ordre fut bientôt perdu ; le grand officier suédois et trois de ses camarades séparés des autres, furent entourés et furieusement attaqués par près de quarante ennemis. Dans la mêlée, le casque de l'homme à haute taille fut abattu et sa chute découvrit les cheveux châtains et le visage imberbe du jeune roi de Suède.

— *Tchingis khan !* (le roi victorieux) cria un des Tartares ; alors, avec des hurlements de loups, ces sauvages s'élancèrent sur leur proie.

Le vaillant cheval de guerre de Charles tomba sous lui mortellement blessé, et, comme son écuyer sautait à terre pour lui offrir le sien, quelques détonations de pistolets retentirent, et le cheval et l'écuyer tombèrent ensemble pour ne plus se relever.

Les deux aides de camp du roi se jetèrent entre leur maître et ses ennemis dont l'essaim grossissait toujours ; mais à l'instant, le brave Jorgens tomba, il ne devait plus revoir les collines ensoleillées de Malmoe ! Un moment après, le jeune Nilsen gisait mort à côté de lui, avec une tache de sang noir sur ces belles boucles blondes, si souvent lissées avec amour par la main de sa mère déjà veuve.

Charles lui-même, seul, nu-tête, au milieu de cette troupe hurlante, faisait face à ses ennemis aussi intrépidement que jamais ; il frappait à droite et à gauche avec la force d'un géant et jamais en vain ; son teint clair, ses cheveux d'or, sa tête se dressant, au milieu de la lueur des flammes qui l'environnaient, bien au-dessus de ses assaillants à forme de

démons, tout cela le faisait ressembler à un jeune et majestueux saint Michel défiant les armées de l'enfer.

— Victoire! le roi est pris! clama un officier russe s'élançant à travers la mêlée et saisissant Charles par l'épaule.

— Insensé! si vous connaissiez les échecs, vous sauriez que
le *roi* ne peut être *pris*. répliqua Charles, apppuyant ce mot
piquant par un coup terrible porté avec le pommeau de son
épée brisée à la tempe du Russe qui tomba comme foudroyé.

Justement alors éclata tout près le cri de guerre des Cosaques, et une bande d'ardents cavaliers de l'Ukraine s'élança
comme un flot irrésistible.

Les Tartares dispersés et surpris ainsi par derrière s'enfuirent par les côtés, et le chef des arrivants, un grand et beau
jeune homme chamarré de riches broderies, faucha comme des
roseaux deux hardis guerriers qui harcelaient le roi désarmé
et épuisé, et arrachant son épais bonnet de fourrure, en couvrit
la tête nue de Charles.

— Merci, capitaine Dardoff, dit Charles XII; je vous
appellerai demain *colonel* Dardoff; mais je sais qu'il n'est
pas besoin de récompense pour que mes braves camarades
Cosaques combattent de leur mieux.

Avant que Dardoff pût répondre, la fortune de cet étrange
combat changea une fois encore. Les Cosaques en désordre
furent soudainement chargés et rompus à leur tour par un
petit corps de dragons russes, dont le chef, un jeune capitaine,
reconnaissant le roi de Suède, s'élança sur lui, le sabre levé.

— Moi d'abord! cria Dardoff se précipitant entre eux;
alors les deux chefs combattirent seul à seul.

Les flammes furent alors obscurcies de nouveau par un épais
tourbillon de fumée, mais les deux champions n'avaient pas
besoin de lumière pour leur combat. L'acier choquait l'acier,
et il était difficile de deviner l'issue de cette lutte, quand le
Russe, faisant une feinte contre la tête découverte de Dardoff,

passa subitement son épée à la main gauche et l'enfonça de toute sa force dans le corps du Cosaque !

Heureusement pour Dardoff qu'il portait une cotte de maille polonaise sous son justaucorps lacé, car, sans cela, c'en était fait de lui. Mais sur l'acier trempé, la lame se brisa comme un rameau sec, et instantanémennt la main droite de Dardoff saisit le poignet de son antagoniste pendant que la gauche l'étreignait à la gorge.

— Ne bougez pas ! cria-t-il ; il n'y a qu'*un* homme en Russie qui connaisse cette ruse après mon propre père. Vous devez être mon ancien camarade, Vladimir Scobell !

CHAPITRE XII

Au travers les eaux obscures.

Laissé à lui-même, Dardoff aurait relâché sur le champ son ami qu'il venait de faire prisonnier ; mais l'oreille fine du roi suédois avait saisi le nom de Scobell, imprudemment prononcé par le jeune Cosaque au fort de sa surprise ; et malheureusement, Charles avait maintenant le loisir de s'occuper de l'affaire, car l'arrivée de nouvelles troupes suédoises avait réduit à l'impuissance les dragons de Walter et mis fin à toute résistance.

— Etes-vous, demanda Charles en français, le fils du nouveau favori anglais du Czar, de qui j'ai entendu tant parler ?

Je le suis et j'en suis fier, répondit le jeune homme avec fermeté.

Le roi guerrier le considéra avec une approbation sinistre et dit aux officiers autour de lui :

— Celui-ci est un prisonnier qui vaut la peine d'être gardé, Messieurs. Capitaine Barstrom, je vous le confie ; gardez-le bien, mais traitez-le avec égard et tenez-le toujours à notre disposition.

Scobell fut emmené en conséquence, et Dardoff eut juste le temps de chuchoter en le frôlant comme par hasard :

— Garde-toi de dire à personne que tu es mon ami.

Le prisonnier fut enfermé pour la nuit dans une petite cabane, aux abords de Smolensk. La ville elle-même fut occupée par les Suédois quelques heures plus tard, sans opposition, les Russes étant maintenant en pleine retraite.

La première heure d'un tel emprisonnement, j'en puis témoigner par expérience personnelle, est souvent la pire de toutes; laissé seul pendant quelque temps, Walter allait et venait avec rage dans l'étroit espace comme un lion en cage. Être fait prisonnier sans une blessure, sans même une égratignure! rien que cette pensée rendait fou notre jeune héros si plein de bravoure; il était bien trop excité pour réfléchir que son étonnement en reconnaissant Dardoff l'avait pour le moment rendu incapable de frapper et qu'en tout cas il n'aurait pas été de force à lutter avec le Cosaque puissamment musclé, même si les camarades de ce dernier n'avaient pas été là pour l'aider. Mais, par degré, il devint plus calme et se mit à considérer sa position. Les dernières paroles de Dardoff lui donnaient la réconfortante assurance que son ami avait en tête quelque plan pour l'aider, et peut-être même pour le faire échapper. Cependant la mention du roi : « prisonnier qui vaut la peine d'être gardé, » le rendait inquiet. Qu'avait-on l'intention de faire de lui? espérait-on lui soutirer quelque importante information sur la force et la position des armées russes? pouvait-on penser à le garder comme otage, ou, pis encore, à se servir de lui pour trahir la Russie, ainsi que le grand prince qui lui avait montré tant d'amitié?

— Advienne que pourra, je ne ferai jamais cela, murmura-t-il entre ses dents serrées; on me tuera d'abord!

Alors il commença à méditer des plans d'évasion; mais quand il examina les murs fortement charpentés de sa prison, la première lueur de l'aurore lui laissa voir, à travers une fissure entre les madriers, deux robustes mousquetaires de garde au dehors; de plus, quel moyen pour lui de faire une trouée à travers ces poutres solides, privé qu'il était de toute arme, même du coutelas qu'il portait ordinairement à la ceinture.

Il n'y avait évidemment rien à faire dans le présent; et maintenant que ses sentiments violents s'étaient donné libre cours, la fatigue commençait à avoir raison de lui. S'étendant sur le sol de terre battue, il fut vite engourdi en un sommeil profond et sans rêves, dont il ne se réveilla pas avant que le jour ne fût dans son plein.

Dans l'intervalle, Dardoff avait subi de la part du roi un interrogatoire serré au sujet de Walter Scobell et lui avait dit avec une indignation admirablement simulée comment Walter et son père avaient été leurs hôtes dans l'Ukraine; il ajouta:

— Nous les avons traités comme s'ils étaient nos frères, ils étaient allés avec moi jusqu'à Kief, prétendant qu'ils venaient tout droit pour rejoindre votre armée, aussitôt qu'ils auraient mis une enfant en sûreté; et ils se moquaient de moi tout le temps, les coquins! car ils ont filé tout droit et se sont au contraire unis aux Russes!...

Tout fin et soupçonneux qu'il était, Charles XII ne se serait jamais imaginé que ce Cosaque adolescent, simple et franc, fût capable de le vaincre en diplomatie; il conclut donc naturellement, tout comme Dardoff le désirait, qu'il ne pouvait y avoir d'amitié dépensée ni perdue entre deux jeunes gens qui, après s'être quittés en de telles conditions, ne s'étaient rencontrés que pour frapper d'estoc et de taille avec une énergie dont il avait été lui-même témoin. De fait, le rusé Cosaque avait adroitement calculé que, si le roi était persuadé que Walter et lui étaient ennemis, il pourrait très facilement remettre le prisonnier à sa garde et à celle de ses hommes; en ce cas l'évasion du jeune homme pourrait être aisément combinée.

Mais le jeune Ataman eut bientôt d'autres soucis; quand il

revint vers ses Cosaques, campés sur le marché de la ville, il les trouva dans une fièvre de rage et de terreur mélangées, devant laquelle tout semblant de discipline avait disparu. Une vingtaine de voix à la fois lui dirent qu'un prophète, revenant ou démon (car les opinions semblaient partagées sur ce point), était sorti soudainement de l'obscurité pour venir, à la lueur de leur feu de camp, chanter sur un air sauvage des choses terrifiantes ; il leur avait prédit que les Suédois n'avanceraient pas vers Moscou d'un pas au delà de l'endroit qu'ils avaient maintenant atteint, et que tous les Cosaques orthodoxes qui ne quitteraient pas à l'instant l'armée hérétique pour se joindre aux soldats de la vraie Église, seraient consumés par la vengeance du Ciel. A ces mots, le fantôme avait disparu aussi soudainement que si la terre l'eût englouti. Comme si tout cela n'était pas assez merveilleux, un individu jura qu'il avait envoyé une balle au travers du corps de ce spectre de prophète sans l'incommoder le moins du monde ; et un autre, montrant un morceau de sabre brisé, déclara que, quand il avait frappé la tête du fantôme, la lame s'était rompue comme si elle avait touché une pierre (c'était du reste précisément ce qu'il avait fait, car, comme la plupart des Cosaques après une bataille, il était passablement ivre à ce moment-là). Ce récit sinistre éveilla dans l'esprit de Dardoff un soupçon qui se changea en certitude, lorsqu'une voix creuse et sépulcrale éclata soudainement derrière lui chantant comme suit :

Jusqu'ici, et non plus loin, tes vagues orgueilleuses balayeront la terre; alors tes flots retourneront en arrière dans l'océan profond.

Le souffle de la colère divine desséchera l'ennemi, et les drapeaux de Suède aux vives couleurs traîneront, abattus, dans la poussière!

Dardoff tressaillit et lança un regard perçant autour de lui; mais dans la faible lueur de l'aube naissante, il pouvait à peine savoir s'il voyait réellement, ou se figurait seulement une forme qui disparaissait en glissant le long des maisons. Quant à la voix, il ne pouvait la méconnaître, c'était la voix de Mitka Blajenni, le fou du village incendié !

Tout ce jour-là et le suivant, Walter, ignorant avec combien de zèle son ami travaillait pour lui, demeura renfermé sans voir une figure humaine, sauf celle du soldat rébarbatif qui avait silencieusement apporté le matin de bonne heure un grossier pain d'orge et une cruche d'eau. Mais ces deux journées, si monotones pour lui, devaient être mémorables dans l'histoire, car pendant qu'il était là, maudissant avec rage son oisiveté forcée, on tenait le fameux conseil de guerre qui décida du sort de la Suède comme de la Russie, et changea tout l'avenir de l'Europe orientale.

Le second jour, vers la tombée de la nuit, notre héros entendit les voix de deux hommes qui s'avançaient lentement vers sa prison. Ils parlaient français, et les premières paroles que saisit Walter lui firent bondir le cœur dans la poitrine.

— La marche vers Moscou est donc abandonnée ?

Le captif pouvait à peine en croire ses oreilles et retenait son haleine pour mieux saisir la réponse. La marche sur Moscou abandonnée ! précisément quand la route semblait libre enfin ! Qu'avait-il donc pu arriver ?

— La marche par *cette* route est abandonnée, dit l'autre voix, car, comme le dit toujours le comte Piper, le plus court chemin est souvent le plus long. Ce chemin est le plus court pour aller à Moscou, mais nous ne pouvons le suivre toujours sans nourriture. Comme vous le savez, nos provisions sont presque épuisées et ces coquins de Russes ont changé en désert toute la contrée qui s'étend devant nous, ils n'ont pas même laissé une croûte ici, dans la ville, où nous croyions trouver d'amples approvisionnements.

— Ainsi, nous allons tourner au sud, vers l'Ukraine.

— A ce qu'il paraît, le roi (vous connaissez sa manière), voulait pousser de l'avant à tout hasard, qu'on trouvât ou non de la nourriture ; mais la venue du messager de Mazeppa a fait pencher la balance. Le vieux renard a enfin décidé de s'unir à nous, il dit que, si nous voulons faire un mouvement vers l'Ukraine, il nous rencontrera à la frontière avec toutes ses forces et nous apportera des provisions pour notre armée entière. D'un autre côté, le comte Lewenhaupt vient de Livonie avec un grand convoi et vingt mille hommes pour le garder, ainsi nous serons bientôt réapprovisionnés.

Les interlocuteurs ayant ensuite dépassé les huttes, Walter ne put en entendre davantage ; mais il en savait assez. L'armée suédoise tournant vers le sud, en abandonnant la route directe de Moscou, — ses provisions presque épuisées, — Mazeppa en chemin pour la rejoindre avec tous ses Cosaques, — le comte Lewenhaupt arrivant avec un grand convoi, — de telles nouvelles, s'il pouvait seulement devenir libre pour les porter, seraient d'une valeur inestimable pour Pierre le Grand !

Mais comment recouvrer la liberté ? Cette pensée déchirante d'être claquemuré là, quand il possédait un secret qui pouvait sauver la Russie, tint le jeune captif éveillé pendant la majeure partie de la nuit. A la longue, il fut engourdi par un sommeil interrompu et fiévreux ; il fut éveillé au point du jour par un terrible branle-bas. Non loin de là, quelques coups de feu se mélangeaient dans ce tumulte avec le cliquetis des armes, le piétinement des chevaux et le hurlement familier aux Cosaques de l'Ukraine. Walter sauta joyeusement sur pieds, supposant naturellement que le camp suédois était attaqué par les Russes ; mais le cœur lui manqua de nouveau, quand il n'entendit ni la réponse aux coups de feu, ni les cris de guerre russe.

S'il avait connu la cause réelle de ce tumulte, il aurait été encore plus découragé. Quand la nouvelle que l'armée allait lever le camp pour se diriger vers le sud parvint au quartier de Dardoff, les Cosaques, déjà frappés de panique par l'apparition spectrale de Mitka Blajenni et les menaces redoutables qu'il avait proférées, éclatèrent en révolte ouverte.

— Voilà, criaient-ils, que la prédiction du prophète annonçant que les Suédois n'avanceront pas plus loin que Moscou est accomplie aussi vite que prononcée ; et la vengeance divine, dont il nous a menacés, nous suivra tout aussi certainement si nous ne quittons pas à l'instant les hérétiques Suédois.

La masse entière devint affolée ; l'air retentit de hurlements, de jurons, de menaces sauvages, mêlées aux clameurs :

— Chez nous ! chez nous !

Les Cosaques brandissaient en furieux leurs sabres, ils tiraient des coups de feu au hasard dans toutes les directions... un moment de plus, et la frénésie universelle aurait atteint les proportions d'une émeute compromettant la sûreté de toute l'armée ; elle aurait probablement eu pour résultat l'extermination des Cosaques par leurs camarades suédois ; mais Dardoff, ayant appris ce qui se passait, pénétra en jouant des coudes, au travers du tourbillon d'hommes à la figure féroce et aux armes dégaînées, avec aussi peu d'hésitation qu'un jeune garçon qui se ferait un chemin au travers d'un fourré.

Un guerrier rébarbatif, que le jeune ataman avait bousculé tant soit peu d'un coup d'épaule, se retourna avec férocité sur lui et lança la pointe de sa lance si près de la poitrine de Dardoff que l'acier déchira son justaucorps ; mais le fils de Mazeppa ne fit que rire :

— Fais attention, frère, tu pourrais me faire mal ! dit-il tranquillement, en écartant l'arme meurtrière avec sa main nue, comme si c'eût été une épine.

Un grand éclat de rire des Cosaques applaudit au sang-froid de leur jeune chef ; lui, saisissant ce moment favorable, s'élança sur un char qui se trouvait tout près, et, agitant la main au-

dessus de la foule houleuse et hurlante, cria d'une voix de
tonnerre :

— Cosaques! voulez-vous revenir de la guerre à la maison
pour dormir à côté du poêle comme de vieilles femmes, et
vous tenir confortablement garantis chez vous de la neige et
de la pluie? Partez alors! je serai bien débarrassé de vous ;
je veux des *hommes* dans ma *kooren* (division), et pas des loques.
Je vous en préviens !

Cette harangue conciliante aurait été l'arrêt de mort de n'importe quel autre homme qui aurait osé parler ainsi à ces sauvages féroces et indomptés. Mais les cavaliers de l'Ukraine, qui
plaçaient un guerrier cosaque au-dessus de tout mortel, jouis-
saient plutôt des brutales gronderies de leurs propres chefs,
auxquels, en retour, ils parlaient avec la même liberté quand
quelque chose leur déplaisait; aussi les atamans pouvaient-ils
parler avec une licence que nul étranger n'aurait eu l'audace
de prendre. Les exagérations injurieuses de Dardoff furent donc
bien accueillies et applaudies par les cris de :

— *Dobre!* (Bien).

— Mais vous ne devez pas nous dire de mensonges, Ataman,
quand vous savez la vérité, plaida le grand Cosaque qui avait
failli transpercer son jeune chef un moment auparavant. Nous
voulons retourner chez nous, pas pour nous coucher devant
le foyer (nous mettrions en pièces celui qui penserait à cela
en temps de guerre), mais parce que nous aimons mieux ne
pas combattre la vraie Église.

— Quoi donc! Andrioosha (André), cria Dardoff, votre
cervelle est-elle changée en *prostokvash* (lait caillé) pour que
vous disiez de telles bêtises? Qui vous demande de combattre
la vraie Église, tête de bois? Ne voyez-vous pas que vous combattez pour l'Église ; pour la sauver de ce Czar impie qui mange
des pigeons sacrés comme toute autre volaille, coupe les barbes
que Dieu a données aux hommes pour montrer qu'ils sont des

guerriers et non des femmes, et fait même, à ce qu'on dit, le signe de la croix avec trois doigts au lieu de deux! Et, comme si ce n'était pas encore assez, dernièrement, au lieu de choisir un patriarche et d'en conduire le cheval par la bride dans Moscou, comme le doit faire un Czar chrétien, ne s'est-il pas fait lui-même patriarche, comme s'il était plus grand que Dieu? C'est contre lui que vous combattez, et non contre l'Église orthodoxe!

A ce nouvel aperçu de la question, les Cosaques parurent déconcertés et se regardèrent les uns les autres interrogativement, pendant que Dardoff se hâtait d'assurer l'effet de ses arguments :

— Savez-vous ce que vous faites, camarades? vous abandonnez la partie juste quand mon père Mazeppa, l'Hetman de l'Ukraine, arrive pour vous aider avec tous les Cosaques du Dniéper. Quand il me demandera où vous êtes, devrai-je lui dire que vous êtes lâchement retournés chez vous?

— Non, non! rugirent des centaines de voix, nous ne bougerons pas d'un pas! n'est-ce pas, frère? longue vie à Mazeppa! longue vie à notre Ataman!

Mais quoique la révolte fût apaisée, elle avait déjà causé un grave dommage. Dardoff apprit ensuite, avec un profond chagrin, qu'un officier suédois, envoyé par le Roi pour transférer la garde de Walter Scobell aux Cosaques, ayant trouvé l'émeute à son comble, était retourné vers son maître pour lui dire qu'on ne pouvait plus se fier aux troupes de l'Ukraine.

Pendant ce temps, Walter lui-même, sans penser que sa meilleure chance d'évasion lui échappait, avait prêté l'oreille au tumulte décroissant, jusqu'à ce qu'il s'éteignît tout à fait.

— Ce n'est évidemment pas une attaque contre le camp, ainsi, je dois patienter encore, dit-il aussi vaillamment qu'il put; d'ailleurs, comme mon père a coutume de le dire, on ne peut faire que de son mieux et laisser le reste à Dieu.

Sur ce, le brave garçon s'agenouilla pour dire la simple prière apprise bien des années auparavant au chevet de sa mère mourante, dans la tranquille demeure qu'il ne devait jamais revoir.

A ce moment, la porte s'ouvrit doucement, laissant passer un homme revêtu du riche uniforme des gardes suédoises, quoique son front haut et étroit, ses lèvres serrées et ses yeux froids, observateurs, révélassent l'homme d'État plutôt que le soldat. Il était tel en effet, car cet homme était le comte Piper, le secrétaire et principal conseiller d'État de Charles XII ; il avait pris une part active dans la révolution qui plaça le jeune Roi sur le trône à l'âge de quinze ans.

Quand le comte vit quelle était l'occupation de son prisonnier, il recula et parut quelque peu honteux, et pour cause, car, venant proposer une lâche félonie à un jeune homme dont il aurait pu être le grand'père, il le trouvait en prière. Mais aucun scrupule de conscience ne pouvait longtemps troubler un diplomate de ce siècle-là.

— A la bonne heure, mon jeune ami, dit-il doucereusement, en très bon français, quand Walter, qui s'était levé, le salua ; notre grand roi Gustave-Adolphe disait souvent qu'un homme fidèle à son Dieu ne peut mal servir son pays, et, heureusement vous voilà de nouveau chez des alliés de votre patrie.

L'appât était subtil, mais il ne put séduire notre héros qui n'était pas facilement pris au dépourvu, ayant passé ses jeunes années parmi les plus habiles intrigants de l'Europe, dans une atmosphère d'incessantes intrigues et complots. Il s'inclina de nouveau et se contenta d'attendre la suite.

Bien lui prit d'être si prudent, car, comme il l'apprit plus tard, non seulement sa vie et sa liberté dépendaient de cette entrevue, mais encore l'issue de la guerre et le salut même de la Russie. Le rusé comte et son maître savaient bien que, s'ils pouvaient persuader à Walter de changer de parti ou simplement faire croire à cette trahison, non seulement le père si énergique de notre héros serait discrédité aux yeux du Czar, mais les Russes jaloux et ignorants s'empresseraient de dénoncer et d'attaquer comme traîtres tous les étrangers au service de Pierre, et cela, au moment où ces étrangers étaient les seuls soutiens de l'armée, et l'armée le seul soutien du pouvoir ébranlé de la Russie! Jamais piège plus terrible ne fut tendu; et le pauvre garçon, pour lequel on l'avait préparé, en était complètement inconscient!

Heureusement, l'honnêteté naturelle de Walter le porta à prendre le seul parti qui pût induire en erreur l'intrigant astucieux sans scrupule : c'était celui de dire la vérité. En réponse aux questions de Piper, il avoua franchement que, comme Dardoff, il se serait volontiers joint aux Suédois, mais que son père avait préféré le Czar; puis il raconta leur voyage à travers la Russie. Ce récit fut parfaitement d'accord avec celui de Dardoff, satisfit pleinement le comte qui, malgré sa finesse, fut bientôt persuadé que Walter, ainsi soustrait à l'influence de son père, serait aisément amené à passer au service de la Suède.

Très habilement et avec précaution, il tâta le terrain dans ce sens; trouvant ses allusions plus patiemment reçues qu'il ne l'avait pensé (car Walter, avec une force de volonté merveilleuse, semblait écouter avec calme les suggestions qui lui donnaient des envies folles de bondir sur son interlocuteur) il s'expliqua à la fin :

— Je ne m'étonne pas que vous eussiez tout d'abord souhaité vous joindre à nous, car un garçon avisé comme vous doit préférer servir un grand capitaine comme notre maître qu'un sauvage ignorant, ivrogne comme le Czar moscovite. Mais si, comme je n'en doute pas, vous êtes un véritable Anglais, il n'est pas trop tard pour vous joindre aux alliés de votre

12

patrie, comme capitaine, avec la certitude d'être bientôt colonel, car notre roi ne néglige jamais les bons soldats.

— Mais si le Czar se venge sur mon père ? dit Walter comme s'il considérait la proposition.

— Nous avons pris plusieurs officiers russes, répondit le comte, et nous enverrons dire au Czar qu'ils seront tous mis à mort si l'on touche à votre père. Mais pourquoi votre père ne nous rejoindrait-il pas aussi ? Il n'y a pas de honte pour un brave à changer une mauvaise position pour une bonne ; dans ce camp-ci même se trouvent des gens qui ont servi la moitié des gouvernements de l'Europe et ils ne s'en portent pas plus mal.

En entendant ces sordides mercenaires si cavalièrement comparés à son noble père, Walter put à peine réprimer un éclat de colère ; mais avant qu'il ait eu le temps de répliquer, Piper continua avec une franchise simulée :

— Le moyen le plus simple pour vous est d'écrire un mot à votre père disant que vous vous êtes joint à nous et l'invitant à faire de même. Je vais vous donner ce qu'il faut pour écrire, ainsi vous pourrez le faire de suite.

Et il tendait un petit carnet de poche.

Par un puissant effort, Walter réussit à cacher l'impression produite sur son âme loyale par ces derniers mots, mais le cœur lui manquait à la vue de l'affreux dilemme qu'il devait résoudre. Refuser cette offre, évidemment faite pour éprouver sa bonne foi, c'était montrer à ses ennemis qu'il s'était joué d'eux et détruire toute chance de salut. Acquiescer, même en apparence, serait le déshonneur pour lui ; la disgrâce, peut-être la mort pour son père ; et la ruine pour le Czar, son ami, dont l'armée, maintenue avec peine jusque-là, se désagrégerait comme du sable au premier soupçon de trahison atteignant les officiers étrangers, dont les Russes étaient si jaloux. Que faire donc ?

Mais, quand tout semblait fini pour lui, une idée lumineuse jaillit dans son esprit tourmenté, idée géniale, capable non seulement de le tirer de cet affreux dilemme, mais encore de rendre ses geôliers eux-mêmes messagers involontaires des importantes informations qu'il brûlait d'envoyer au Czar. Dans les années précédentes, en aidant son père à écrire des dépêches secrètes à d'autres Jacobites, Walter avait appris un stratagème attribué au cardinal de Richelieu ; à l'aide d'une petite différence dans l'écriture de certains mots, différence imperceptible à quiconque ignorait la ruse, les mots ainsi indiqués dans une lettre pouvaient former des phrases signifiant toute autre chose que la lettre dans son entier. C'était ici le cas d'employer cette ruse.

Prenant donc le papier et le crayon du comte, notre héros écrivit comme suit :

« J'ai pris service parmi *les Suédois,* qui *vont* me donner de l'avancement. Ils vous demandent de les *rejoindre* également ; vous seriez tout à fait bien ici. Vous savez que je voulais entrer dans leur armée quand nous étions avec *Mazeppa, dans l'Ukraine.* Voyagez sous un déguisement si vous rencontrez *un convoi,* car les routes ne sont pas sûres pour quelqu'un qui *vient* seul ici, *du nord* ou de l'est. J'espère que vous pourrez lire ceci, quoique ma main soit si raide que j'écris aussi mal que le cardinal de Richelieu.

» Walter Scobell. »

— Cela fera très bien l'affaire, dit le comte Piper en pliant le billet ; puis, ayant dit à Walter qu'il allait le transférer en de meilleurs quartiers, l'habile conseiller partit, bien loin de s'imaginer, pendant qu'il se félicitait d'avoir réussi à tromper ce naïf garçon, que ce naïf garçon l'avait induit lui-même à faire un tort irréparable à la cause suédoise. En effet la lettre

qui pour lui n'avait que le sens donné ci-dessus, signifiait réellement pour le père de Walter :

« Les Suédois vont rejoindre Mazeppa dans l'Ukraine. Un
convoi vient du nord. »

Le soir même, Walter partagea dans la ville le logement
de quelques officiers suédois ; il y resta deux jours, traité en
ami par ses nouveaux compagnons, dont plusieurs pouvaient
parler anglais ou français avec lui. Mais, quoique nominale-
ment libre, il ne s'était pas vu confier un cheval ; il avait de
plus remarqué qu'un soldat le suivait, comme par hasard,
chaque fois qu'il sortait, il en conclut que le comte Piper
prenait ses précautions.

Dans la seconde soirée, un messager requit Walter pour
aller sur la place du marché qu'il fut étonné de trouver occupée
par plusieurs escadrons de cavalerie *russe* portant l'uniforme
de son propre régiment ; mais, reconnaissant parmi eux
quelques visages remarqués la veille à une revue, dans les
rangs d'un régiment polonais, il devina dans cette étrange
mascarade une ruse de guerre dans laquelle il devrait avoir
un rôle.

— Bonsoir, capitaine Scobell, dit l'officier commandant
le détachement, qui n'était autre que l'ex-geôlier de Walter,
le capitaine Barstrom. Je suis content de voir que j'aurai le
plaisir de votre compagnie pour une expédition ; je vous expli-
querai en route ce dont il s'agit. Voici notre guide, peut-être
le connaissez-vous.

Le guide était l'un des Cosaques de Dardoff, et Walter avait
été particulièrement en amitié avec lui dans l'Ukraine ; mais
cet ancien ami le reçut avec un froncement de sourcils et
agitant le poing dit :

— Je le connais bien, moi ; c'est le coquin qui est venu avec
nous à Kief, prétendant qu'il allait rejoindre le roi, et qui s'est
enfui au contraire chez le russe Pierre. Vous ne nous glisserez

pas entre les mains cette fois-ci, race de chien! J'ai le cheval
le plus rapide de ce détachement, et des balles qui vont plus
vite encore !

Walter devina facilement que cet homme jouait un rôle et
avait été envoyé réellement par Dardoff pour aider à son évasion; l'allusion du guide à la rapidité de son cheval fut pour
le jeune homme à l'esprit éveillé une révélation sur la manière dont devait s'effectuer cette évasion. Donnant aussitôt
la réplique suggérée, il rendit au Cosaque son regard cour-
roucé et dit :

— Vous avez raison, maraud, d'avoir un cheval rapide,
vous en aurez besoin la première fois que vous vous sauverez
d'une bataille !

Le Cosaque était en train de répliquer avec une vigueur et
un piquant qui défient toute traduction, quand Barstrom, scan-
dalisé d'une telle atteinte à la discipline, lui imposa sévèrement
silence ; puis, tout étant prêt, les soldats déguisés filèrent,
Walter chevauchant à côté du capitaine, sur un cheval qui était
la meilleure garantie qu'il ne s'échapperait pas, car c'était bien
la plus méchante rosse de toute la cavalcade.

Comme ils allaient de l'avant, Barstrom lui expliqua le but
de l'expédition. La ligne de marche suédoise vers le sud
passait à travers la ville de Volkovo, occupée par les Russes,
et assez forte pour ne pas être facilement prise d'assaut, mais
pour tourner la ville ou l'assiéger régulièrement, il fallait
beaucoup de temps et l'armée affamée n'avait pas de temps à
perdre. C'est pourquoi ce corps de troupe avait été envoyé afin
d'obtenir l'entrée de la ville, si c'était possible, comme soldats
russes; une fois dedans, ils devaient réduire la garnison à
l'impuissance et ensuite ouvrir les portes à une force plus
importante, qui devait les suivre de près. Mais comme Barstrom
ne savait que quelques mots de russe, et que ses Polonais
auraient été trahis par leur accent, les fonctions de parlemen-

taire incombaient à Walter lui-même, car il n'avait pas d'accent
polonais pouvant éveiller les soupçons et serait probablement
personnellement connu du commandant russe, le colonel Soko-
loff, qui avait beaucoup fréquenté la cour du Czar.

— Je n'ai pas besoin de vous avertir de faire bien attention
à vous, capitaine Scobell, conclut le Suédois avec une sombre
emphase, car n'importe quelle erreur de votre part nous coû-
terait certainement la vie à tous, aussi bien qu'à vous.

Le jeune captif ne le comprenait que trop bien, il avait à
choisir entre une trahison infâme et une mort certaine; mais
il ne bronchait pas; et il résolut que, s'il ne pouvait s'échapper
avant d'atteindre Volkovo, il avertirait la garnison du piège
qu'on lui tendait et mourrait en homme de cœur.

Toute la nuit, ils chevauchèrent à travers les ténèbres,
aidés, moins par la lumière faible et intermittente de la lune
que par l'adresse et l'expérience de leur guide. Mais avant le
lever du soleil, hommes et chevaux commençaient à s'épuiser;
enfin Barstrom commanda malgré lui une halte qui ne dura
cependant que juste assez pour les rafraîchir afin de faire une
autre marche forcée pendant toute la matinée et bien avant
dans l'après-midi.

La seconde halte fut bien plus longue que la première, car
la monture de Walter laissait à penser qu'elle allait s'abattre
pour de bon, et, dans une telle marche, il était impossible de
faire porter double à aucun des autres chevaux.

— Ne faites pas attention, mes gars! cria Barstrom allègrement; plus nous paraîtrons fatigués, mieux nous passerons
pour des soldats russes poursuivis par les Suédois!

Quand ils se remirent en selle, le guide, passant tout près
de Walter, dit aux soldats, haut assez pour que le jeune homme
l'entendît :

— Ce jeune coquin médite quelque mauvais coup, aussi
sûr que mon nom est Demid Gordenko ! Je ne m'étonnerais

pas s'il *essayait de s'échapper cette nuit pendant que nous traverserons la rivière;* mais, s'il le fait, il trouvera la soupe trop chaude pour lui !

— Tu parais porter autant d'affection à ce jeune homme qu'un loup à un chien ! dit un troupier en faisant la grimace, que t'a-t-il donc fait ?

— Je déteste quiconque mon ataman déteste, grogna Gordenko.

Et cette explication tout à fait cosaque suffit amplement à ceux qui l'entendirent.

Le cœur hardi de Walter battit plus rapidement, quand ils reprirent leur marche harassante, car il avait entendu quelqu'un dire qu'ils atteindraient Volkovo au point du jour, le matin suivant. Il devait donc s'échapper cette nuit même, ou, sinon, son sort fatal était réglé; les paroles de Gordenko étaient évidemment dites pour lui montrer que le Cosaque pensait de même. Tout brave qu'il était, le jeune héros sentait ses nerfs s'ébranler à mesure qu'il voyait le soleil s'enfoncer, rougissant à l'horizon de cette plaine sans fin, et qu'il pensait que, dans quelques heures, son sort devait être décidé.

DEMID GORDENKO

La nuit vint, nuit lourde, sans un souffle de brise et si profondément obscure que même le vétéran cosaque ne trouvait pas facile de reconnaître la vraie direction. En dépit de l'impatience du capitaine Barstrom, on fut forcé de ralentir la marche; pas un mot n'était prononcé, pas un son ne se faisait entendre, si ce n'est la cadence monotone du pas des chevaux; et cette bande sombre, cheminant silencieusement dans les ténèbres eût pu fournir à l'imagination d'un poète l'idée d'un cortège de spectres, se glissant vers le fleuve de la mort.

A la fin, on entendit en avant le son sourd et heurté des flots rapides; puis le guide, allumant une lanterne, alla en avant pour chercher le gué. La vigilance des gardes s'était relâchée envers le captif, son évasion paraissait désormais impossible, et lui-même avait l'air satisfait de sa nouvelle position; passant près de lui, le Cosaque chuchota quelques mots qui le firent tressaillir :

— *Faites broncher votre cheval quand vous me dépasserez dans la rivière !*

On vit la lumière onduler çà et là comme un feu follet pendant quelques minutes, puis se mouvoir lentement au travers les eaux ténébreuses jusque vers le rivage lointain. On la vit ensuite revenir, et Gordenko, faisant halte sur un banc de sable au milieu du courant, où l'eau avait à peine un pied de profondeur, éleva sa lanterne et cria :

— Passez en frôlant ma droite, camarades, et faites attention à vous; ceci est un endroit peu commode parfois.

Le premier cavalier plongea dans le courant et bientôt la moitié du détachement eut traversé. Walter et le capitaine Barstrom, côte à côte, étaient presque à hauteur du Cosaque, quand le cheval de notre héros s'abattit tout à coup, la tête en avant. Au même moment la lumière du guide disparut, et l'on entendit la voix de Gordenko criant à tue-tête en désespéré :

— Gare à vous, frères! nous entrons dans un sable mouvant. A ce mot terrible, une panique folle saisit toute la bande. Il y eut une poussée générale pour s'éloigner de l'endroit fatal; quelques-uns remontaient le courant, quelques autres le descendaient, et plusieurs retournaient vers la rive, quand juste alors, comme pour augmenter la confusion, le destrier fougueux du capitaine Barstrom, épouvanté par le hurlement du Cosaque, se cabra furieusement, envoyant son cavalier dans l'eau la tête la première !

Au milieu de l'obscurité, Walter se sentit soudainement empoigné et tiré vers un cheval sans cavalier, qu'il devina aussitôt être le coursier rapide de son ami le Cosaque.

Il s'élança en selle, et, au milieu de la confusion universelle, de l'éparpillement des hommes dans toutes les directions, il trouva facile d'atteindre inaperçu la rive qu'il venait de quitter ; il s'éloigna donc sans bruit sur le sol sablonneux, en remontant le courant de la distance de deux cent cinquante pieds environ. Alors, convaincu que le chemin était libre, il tourna vers l'est et, mettant son cheval à une allure aussi rapide que le permettait l'obscurité, il entendit le tumulte décroître et s'éteindre graduellement pendant qu'il s'avançait dans la plaine sombre ; il était *libre* de nouveau.

CHAPITRE XIII

Pourchassé dans les steppes.

Gordenko n'avait pas exagéré les qualités de la monture si généreusement abandonnée à Walter, car celui-ci était déjà à plusieurs milles du fleuve et à l'abri de toute poursuite avant d'avoir pu suffisamment dominer l'émotion de cette soudaine délivrance d'une mort presque certaine, pour se rendre compte avec sang-froid de sa nouvelle position; celle-ci était assurément peu brillante.

Sans armes comme il l'était, il restait à la merci de n'importe quel ennemi de rencontre; se diriger vers Volkovo, le seul poste russe des alentours, serait se jeter dans les mains de l'ennemi qu'il venait de fuir. D'autre part, épuisé par deux nuits de marche incessante, tout à fait dépourvu de vivres, avec une blessure non cicatrisée à l'épaule, il lui restait peu de chance de pouvoir soutenir la longue et rude chevauchée nécessaire pour atteindre un lieu sûr, surtout avec la chaleur impitoyable qui absorbait le reste de ses forces; car, quoique septembre fût presque écoulé, pas une goutte des pluies d'automne n'avait encore arrosé la terre, et cet été, le plus chaud du siècle, était de plus en plus accablant.

Mais le brave Walter n'était pas homme à perdre courage,

quelque désespérée que parût la situation, surtout quand il
venait de s'échapper quand toute évasion semblait impossible.

Sachant qu'un Cosaque ne voyage jamais sans provisions, il
profita de la première apparition de la lune pour inspecter les
poches de la selle. Il ne fut pas désappointé : un pain de seigle,
un petit pot de lard, un briquet (destiné sans doute à allumer
l'inséparable pipe du Cosaque), le récompensèrent de ses
recherches et mieux encore, il trouva cachés sous la garniture
d'arçon une paire de pistolets chargés et une sorte de *khandjar*
(dague) turque, évidemment dissimulés là par le prévoyant
Cosaque, au cas où il serait privé de ses autres armes.

Cette trouvaille providentielle réconforta l'âme énergique de
Walter, à tel point qu'il oublia un instant les formidables
dangers qui le menaçaient. Un moment après, il fit une découverte encore mieux accueillie : surpris de voir que son nouveau
cheval semblait le connaître et tournait la tête vers lui, comme
pour attirer son attention, il le regarda plus soigneusement
au brillant clair de lune et reconnut une des montures favorites
de son ami Dardoff, souvent montée par lui-même dans
l'Ukraine.

Seul, épuisé comme il l'était et à peine délivré d'impi-
toyables ennemis, il se trouva réconforté par la reconnaissance et
la joie avec lesquelles le noble animal posa sa tête sur son
épaule, frottant son museau caressant contre sa joue ; la
compagnie d'un être humain n'aurait pas été pour lui une
plus grande consolation, d'autant plus qu'il voyait là une
nouvelle preuve de l'amitié chaude et généreuse du jeune
ataman.

— Dardo est véritablement bon ! s'écria-t-il, il est mille fois
regrettable que nous appartenions à des partis adverses, au
lieu d'être camarades comme cela devrait être. C'est vraiment
dur, quand nous sommes si amis, de penser que nous pour-
rions nous tuer l'un l'autre pour rien !

Peut-être notre héros n'était-il pas le seul homme en Europe à qui ces années de guerre incessante suggérassent la même idée.

Tout à coup son cheval releva brusquement la tête, flaira l'air avec inquiétude et commença à trembler de tous ses membres.

— Tout doux, Oryol (Aigle)! qu'y a-t-il? cria Walter.

Mais un son lointain dans la vaste plaine sombre donna sur le champ une terrible réponse à cette question; ce son, quelque habitué qu'on soit à l'entendre, produit toujours une horrible impression : c'est le hurlement d'une meute de loups acharnés !

A notre époque, où les routes, les chemins de fer et la population ont augmenté, le loup de la Russie occidentale est rarement dangereux, excepté en hiver; mais au dix-huitième siècle, quand quelques misérables hameaux, distants de quelques milles les uns des autres, étaient le seul signe de vie qu'on pût découvrir dans les vastes plaines marécageuses du haut Dniéper, la terrible *capote grise* (surnom du loup) régnait en maître. Une longue succession de batailles avait aussi attiré les loups de la Lithuanie et de la Pologne à la suite des armées adverses. Walter avait donc eu plus d'une fois des preuves terribles de ce que la bête féroce la plus lâche peut faire quand elle est enhardie par le nombre et affolée par la faim.

Que faire ? Ses pistolets une fois déchargés, il n'avait pas de quoi les recharger, et sa courte dague serait aussi inutile qu'un roseau contre l'attaque combinée de trente ou quarante monstres, aussi féroces et sans pitié que les démons par qui les paysans les croyaient animés. Le pauvre cheval sentait le danger tout autant que son cavalier et le regardait avec un air d'appel plaintif qui semblait presque humain dans ses grands yeux brillants.

A ce regard, notre brave jeune homme redevint lui-même.

C'était comme si quelque vieil ami en avait appelé à lui pour
avoir du secours dans la plus dure nécessité, et on ne lui
adressait jamais en vain un tel appel. Il s'élança en selle, et il
n'était que temps, car l'espoir que les loups pouvaient être
occupés à traquer le détachement de Barstrom fut emporté par
une tempête de hurlements à faire glacer le sang dans les
veines. Ces cris hideux retentissaient bien plus fort et plus
près qu'auparavant, n'exprimant que trop clairement la joie
de ces monstres, flairant dans la brise de la nuit la piste d'une
proie nouvelle.

Mais Walter savait bien que la vitesse d'un bon cheval
dépassait de beaucoup celle du loup ordinaire; et tandis que
sa bête vaillante s'élançait une fois encore, son cri de
« Pasholl, drujok ! » (En avant, mon chéri) ! retentissait
comme un défi ragaillardissant en réponse à l'infernal aboiement de la meute poursuivante. Et pourtant la solitude sombre
derrière lui s'animait d'un fouillis de queues ondulantes, de
grands corps gris, de mâchoires béantes, de langues aspirant
l'air et d'yeux flamboyants et féroces.

La chasse qui suivit fut comme un de ces cauchemars où
le rêveur fuit toujours au travers d'un désert sans limites, sans
paraître gagner un pied de plus sur l'horreur qui le poursuit.
Maintes fois, pendant les longues et terribles heures d'une
nuit qui semblait n'avoir pas de fin, Walter pensa entendre
les féroces poursuivants sur ses talons et se retourna avec
vivacité sur eux, pistolet au poing. Mais graduellement les
hurlements commencèrent à devenir de plus faibles en plus
faibles, et quand le froid clair de lune fit place aux rayons
attiédis de l'aube, il put à peine distinguer au loin derrière lui
la longue ligne courbe formée par les sinistres chasseurs.

Le jeune soldat déjà expérimenté ralentit le pas, sachant
qu'il était encore loin de tout endroit de refuge et qu'il devait
ménager les forces de son cheval et les siennes.

Malheureusement il traversait un district tout à fait nouveau pour lui, et pouvait, sans en rien savoir, laisser à sa droite où à sa gauche quelque village qui aurait pu l'abriter contre ses ennemis ; mais à cela il n'y avait pas de remède.

De nouveau revinrent les loups avec leur long galop sournois.... ils ne hurlaient plus maintenant car leur proie était enfin bien en vue, et leur souffle était trop précieux pour l'user en clameurs inutiles, alors qu'ils allaient mettre leurs victimes aux abois.

Walter remit son cheval à pleine vitesse, mais il n'était pas encore loin, quand il s'aperçut avec un frisson d'inconcevable horreur, que sa monture déjà surmenée par la marche forcée qui avait précédé cette fuite sauvage, commençait à faiblir.

Notre héros frissonnait malgré lui, car il savait que la ténacité infatigable dans laquelle le loup l'emporte sur tout être vivant, devait tôt ou tard user le coursier le plus rapide. Il ne se rappelait que trop bien le récit affreux de Mazeppa lui racontant comment, lié à un cheval sauvage, il avait été pourchassé par des loups sur la steppe pendant deux jours et deux nuits, et comment les brutes sauvages effleuraient déjà de leurs morsures les jarrets de son cheval, quand celui-ci, par un dernier effort de rage, alla s'abattre avec lui dans le village cosaque. Etait-il condamné à cette fin horrible et ignoble? Mourir en combattant bravement pour la Russie, pour sauver son père ou son ami le Czar, ne lui aurait rien coûté ; mais périr ignominieusement sous les crocs de ces bêtes cruelles et dégoûtantes, seul et loin de tout secours humain, sans personne pour dire comment il était mort, cela en vérité était dur à supporter !

Le soleil se leva, brillant, sans nuage ; les oiseaux sauvages le saluèrent de leurs ritournelles joyeuses, l'herbe courte et jaune de la steppe faisait son frou-frou léger ; sous la brise du matin, tout était magnifique et riant ; mais cette fraîcheur, cette lumière, cette magnificence n'apportaient aucune joie aux yeux hagards du condamné que talonnait la mort impitoyable.

Quoique encore à une considérable distance, les loups gagnaient évidemment sur lui. Sa perte était certaine quand soudainement il vit une fissure large de quelques yards et profonde de plusieurs pieds, qui interrompait d'une ligne noire le niveau uniforme et sans fin de la plaine poudreuse ; s'il réussissait à franchir cette crevasse, les fauves ne pourraient probablement pas le suivre.

Son intelligente monture partageait évidemment cette pensée, car, précipitant son allure fatiguée, elle prit son élan et sauta adroitement sur le côté opposé. Ce n'était pas trop tôt, car à peine la fissure était-elle franchie qu'accouraient sur le bord trois ou quatre bêtes poilues, nerveuses, énormes qui avaient distancé le reste. En apercevant l'obstacle, elles s'arrêtèrent un moment ; ce moment suffit : *pan*, un des lourds pistolets de Scobell retentit, et le plus proche des loups roula à terre avec un cri aigu ; *pan*, et un second tomba convulsé et haletant auprès du premier. Alors Walter, se retournant, s'élança de nouveau à travers la lande sans limites, poursuivi par un concert de grognements, d'aboiements, de hurlements qui le glaçaient d'effroi ; c'étaient les autres loups qui arrivaient à leur tour, se jetaient sur leurs compagnons blessés et les mettaient en pièces.

Mais si le malheureux évadé pensait être délivré de ses ennemis, il fut bientôt détrompé. Les monstres affamés s'aperçurent bien vite que l'énorme fissure se réduisait à un simple fossé, après quelques centaines de mètres à droite et à gauche. Quand s'éleva de nouveau derrière lui le hurlement terrifiant qui l'avait hanté si longtemps, le jeune brave, avec ses pistolets vides et son cheval chancelant sous lui, commença à désespérer de son salut, surtout à la vue d'un interminable fourré d'ajoncs sauvages plus haut que l'arçon de sa selle.

Le Russe tira. (Page 209.)

13

Il s'enfonça dans le fouillis de tiges résistantes, dures et tellement entrelacées qu'il lui semblait chevaucher à travers un filet; mais ce même obstacle qui gênait sa marche retarda davantage celle des loups, et ils étaient encore au plus épais des herbes lorsque Walter s'élançait en dehors.

Une pensée subite lui vint alors : l'herbe était desséchée comme de l'amadou par la chaleur continue et le vent soufflait vers les loups. Rapide comme l'éclair, le cavalier sauta sur le sol, saisit son briquet et enflamma les ajoncs en trois endroits. Instantanément des ondes flamboyantes surgirent en crépitant, craquant, mugissant entre lui et la meute; mais le sifflement des flammes dévorantes fut aussitôt couvert par le hurlement terrible qu'excita leur apparition; un ou deux des derniers loups seuls sortirent de la jungle incendiée, du même côté par lequel ils étaient entrés, brûlés, haletants, à demi aveuglés. La chasse était terminée.

Mais le pauvre Walter eut à peine le temps de se réjouir de sa délivrance inespérée, une faiblesse soudaine le saisit et il n'évita une chute dangereuse qu'en se laissant glisser à terre. Il garda heureusement assez de force pour chercher d'où venait le mal; ses efforts désespérés avaient rouvert la blessure faite à son épaule par le piquier suédois dans la bataille de Smolensk, le sang avait coulé librement sans qu'il le sentît, dans l'excitation affolée de cette lutte terrible avec la mort.

Il arrêta le sang à la rude façon de ses amis les Cosaques, en mettant sur la blessure une emplâtre de terre mouillée de salive, et banda la plaie du mieux qu'il put avec sa ceinture. Il se rappela ensuite qu'il n'avait pas mangé depuis le jour précédent, et il fit un repas sommaire avec le pain d'orge et le lard de Gordenko.

Mais à peine sa faim fut elle apaisée que la soif brûlante, produite par la fatigue et la perte de sang, commença à le torturer : et il n'y avait pas une goutte d'eau à portée! S'attarder, c'était la mort, aussi, avec un cœur défaillant, il poussa de nouveau en avant sa monture épuisée.

Le soleil montait à l'horizon, l'air devenait de plus en plus chaud, les feux ardents du jour brûlaient l'homme et le cheval, et les nuées de poussière chaude pénétraient leurs poumons fatigués, faisant de chaque aspiration un spasme douloureux. Walter commença à chanceler sur sa selle... tout lui paraissait en feu au dedans et au dehors... l'étendue immense de la plaine nue semblait surgir et s'abaisser devant lui comme une vague ondulante... puis un brouillard rouge passa, devant son regard ; un mugissement sourd comme le son d'une mer distante remplit ses oreilles, et il tomba lourdement sur le sol. . . . .

. . . .

— Me reconnais-tu, mon enfant? demandait une voix familière.

— Est-ce vous, mon père? répondit notre héros, soulevant lentement ses paupières alourdies et se demandant vaguement s'il était mort ou vivant.

— Dieu soit loué! tu me reconnais enfin! ajouta son père, tu as été bien malade depuis quinze jours et tu délirais. Chut, ne parle pas, essaye de dormir, je reviendrai bientôt te voir.

Trop faible pour interroger, Walter tomba vite dans un sommeil si profond et si calme qu'on aurait pu le prendre pour l'engourdissement de la mort; lorsqu'il s'éveilla, douze heures plus tard, pour voir son père assis à ses côtés, il se sentit beaucoup mieux.

— Où suis-je demanda-t-il tout d'abord.

— Dans le camp du prince Menschikoff, au sud de Smolensk, répondit le général Scobell (tel était son grade alors), tu as été sauvé par quelques-uns de nos éclaireurs qui t'ont trouvé gisant dans la steppe (quelle providence qu'ils soient passés par là!)

ton cheval était debout auprès de toi pour éloigner les oiseaux de proie.

Il raconta alors à Walter que sa lettre de Smolensk « à la Richelieu » avait fait merveille; le Czar, marchant vers le nord pour couper le convoi en question était tombé dessus près du haut Dniéper, avait pris toutes les provisions et munitions, et détruit ou capturé la troupe entière, sauf quelques escadrons de cavalerie avec lesquels le comte Lewenhaupt avait réussi à se frayer un chemin. Pierre le Grand avait ensuite laissé le prince Menschikoff réunir de nouvelles troupes pour aller à marches forcées vers l'Ukraine, avec l'armée principale, afin de réduire Mazeppa à l'impuissance avant qu'il ne pût apporter aux Suédois le secours promis.

— Je souhaite, termina Scobell, que ni Mazeppa, ni notre ami Dardoff ne tombent entre les mains du Czar, car si cela arrivait, il ne leur ferait pas grâce. Dès que les troupes de Tula et de Moscou arriveront, nous avancerons vers le sud pour nous joindre à elles ; l'ouvrage pressera alors, et ce sera une terrible besogne. Comme l'on se dirige en cette saison vers la grande plaine de l'Ukraine, où l'on ne peut trouver de quartier d'hiver, il est clair que l'on combattra pendant tout cet hiver, et tu sais ce que *cela* signifie en Russie. Je suis heureux que notre petite Natalie soit à l'abri de tout cela !

— Quoi donc? où est-elle?

— Le Czar l'a envoyée avec un commandant russe et sa femme qui vont dans la *Petite Russie,* ils la garderont là, hors du théâtre de la guerre, jusqu'à ce que tout soit fini d'une manière ou d'une autre.

— A quel endroit vont-ils?

— A Poltava (1).

(1) Que des historiens occidentaux ont appelée par corruption « Pultowa. »

CHAPITRE XIV

Mazeppa de nouveau.

L'hiver de 1708 a laissé en Russie un profond souvenir sous la dénomination de « Shvodskaya zeema » (hiver des Suédois) ; et les Suédois eurent encore de plus terribles raisons pour en garder la mémoire, car il commença la longue série d'épouvantables calamités, que la destruction plus complète de l'armée de Napoléon un siècle après et sur le même terrain, n'a fait que reproduire sur une plus vaste échelle. La vive remarque de l'officier russe à Smolensk : « Une armée ne peut marcher sans vivres, » était l'arrêt de mort des envahisseurs.

Le Czar ayant capturé le convoi tant désiré et dont la valeur était inappréciable pour eux, changea leur gêne en famine; en outre, comme si Dieu Lui-même combattait contre les impies envahisseurs de la « Sainte Russie » (ainsi que l'appelaient les dévots paysans), la chaleur exceptionnelle de cet été fit place en une seule nuit à un froid intense, glacial, qui n'annonçait que trop la saison destructrice à venir. Des deux formidables alliés mentionnés dans la sinistre plaisanterie du Czar, le général Famine jetait déjà la mort dans les rangs des guerriers suédois, et le général Gelée était prêt à achever la destruction.

Les premiers jours furent encore gais et chauds, tandis que les nuits étaient très froides, et ces violents changements de température eurent une fatale influence sur les soldats affaiblis. Mais de bien plus rudes souffrances les attendaient. Quand octobre fit place à novembre, les gelées de l'hiver commencèrent, et, sur cette plaine sans abri, la morsure du vent, le froid impitoyable étaient plus mortels que le souffle de la peste même, pour des hommes vêtus de haillons et déjà exténués par la faim.

Alors le carnage de la mort fut à son comble. Des pauvres malheureux se traînaient en avant, les pieds en sang, les membres défaillants, aiguillonnés par la terreur d'être abandonnés et de mourir seuls dans l'immense désert, car dans cette lutte pour la vie chacun ne pensait qu'à soi-même. Cependant un moment arriva où ils ne purent plus lutter, et les survivants furent longtemps hantés par le souvenir du regard sombre et désespéré de leurs camarades tombés, qui devaient périr dans une agonie désolée ou être mis en pièces, encore vivants par les loups et les corbeaux de ce pays sauvage.

Les chevaux mouraient plus vite que les hommes et leur chair était dévorée avant d'être refroidie, dans la rage de la faim. La marche fatale n'était pas là d'être terminée quand l'arrière-garde suédoise passa un jour en frissonnant devant le corps d'un hussard polonais, ce dernier était assis contre une pierre, raide-mort, avec un rayon rouge du soleil couchant sur sa face blême et rigide, et sur ses genoux un plat d'or précieux provenant du pillage de Smolensk, dans lequel restait un lambeau à demi rongé de viande crue qu'il n'avait pas eu le temps d'avaler.

Pourtant, l'homme de fer dont l'égoïsme et la vaine ambition avaient seuls causé toute cette misère restait aussi obstinément déterminé que jamais, mais l'ombre de la ruine inévitable se répandait même sur *lui*.

Bien des années plus tard, les rares survivants de cette épouvantable tragédie se rappelaient avoir lu les signes avant-coureurs du dénouement fatal dans ses éclats de colère sans motif, son impatience en entendant des conseils ou remontrances, et les injustes reproches dont il accablait ses officiers, raillant même le brave comte Lewenhaupt sur une défaite due uniquement à la fidélité avec laquelle il avait suivi les ordres imprévoyants et hâtifs de son maître ingrat.

— Vous languissez après les nouvelles de chez vous ! criait méprisamment le roi à un officier qui aspirait à recevoir des détails sur la délicate jeune femme et l'enfant malade qu'il avait laissés à Stockholm. Si vous êtes un vrai Suédois, je vous emmènerai si loin que vous n'aurez de lettre que tous les trois ans !

Mais ni les railleries ni les menaces ne pouvaient relever les cœurs abattus de la multitude affamée et déguenillée, en laquelle s'était rapidement transformée la splendide armée. Plus de riants refrains suédois, plus de joyeuses plaisanteries ni d'éclats de rire ; dans un morne silence, sous le ciel gris sans soleil, dont la vague lueur semblait éteinte par un voile funèbre, l'armée des envahisseurs marchait fatalement à sa perte.

Même les acclamations par lesquelles ces pauvres victimes d'une loyauté outrée devaient saluer la présence de l'auteur de ces malheurs étaient maintenant finies, et la forme imposante du roi passait inaperçue au milieu d'eux. Finalement, l'insupportable misère de cette vie, qui n'était en vérité qu'une mort de tous les jours, triompha de la rigide discipline suédoise, et des murmures révoltés cemmencèrent à se faire entendre partout.

Un soir, pendant que Charles faisait sa ronde habituelle autour du camp, un grenadier de haute taille vint à lui, l'air morne, presque menaçant, et, montrant dans sa large main un morceau de pain noir, moisi, fait d'orge et d'avoine mélangés de son, dernier atermoiement à la mort pour les soldats défaillants, il grommela d'une voix rauque :

— Voyez *cela !* est-ce la pitance d'un homme qui doit marcher et combattre ?

L'œil vif du jeune roi aperçut à l'arrière-plan nombre de visages mornes et renfrognés. et il embrassa la situation d'un seul coup d'œil. Prenant aussitôt le morceau de pain de la main du soldat, il le mangea en entier sans la moindre hésitation et dit froidement :

— Ce n'est pas succulent, mais cela peut se manger.

Un faible vivat s'éleva parmi les mécontents, qui se dispersèrent sur-le-champ pour raconter l'histoire à leurs camarades; mais cela ne suffit pas à relever les esprits abattus de ces hommes usés par la famine. L'enthousiasme ardent des premiers jours avait disparu complètement, glacé et tué par cette apathie morne, dernière et pire période de la démoralisation d'une armée. Pendant ce temps, où était donc Mazeppa ? Les jours se succédaient, et toujours pendant qu'ils poursuivaient leur route avec effort, les hommes affamés tournaient vers le sud avec un désir avide, leurs yeux enfoncés dans l'orbite; ils voulaient voir les premiers luire à l'horizon lointain les lances cosaques, annonçant vivres et secours; mais vaine était leur attente !

La gaieté insouciante de Dardoff semblait l'avoir abandonné; il chevauchait un matin au point du jour avec son vieil écuyer Demid Gordenko ; celui-ci était encore très réputé comme éclaireur, car sa complicité dans l'évasion du *coquin d'Anglais qui avait volé son cheval* n'avait jamais été soupçonnée. Tout à coup, le jeune Ataman crut entendre l'écho de ses sinistres pressentiments quand le vétéran lui dit d'une voix basse et rauque :

— Dieu est contre nous, Ataman. Ce brave garçon que

Charles a mis à mort dans le camp en Allemagne, juste quand nous commençâmes notre campagne, a dit que son sang crierait vengeance contre nous ; vous verrez qu'il ne criera pas en vain. Le prophète de Smolensk, vous savez, nous a dit aussi qu'après que nous aurions battu les Russes et balayé tout devant nous pour un temps, la colère du Ciel tomberait sur nous et nous dessécherait ; il en a été ainsi !

Tout le courage de Dardoff ne put réprimer le tressaillement de terreur superstitieuse qui ébranlait ses nerfs, pourtant solides, en entendant un autre homme exprimer si franchement la crainte toujours croissante qui le hantait lui-même ; mais il cacha son émotion sous un rire forcé, et répondit légèrement :

— Eh quoi ! frère, deviens-tu femmelette toi aussi, à la fin ? Je ne pensais pas que tu fusses homme à renâcler, quand l'Hetman de l'Ukraine en personne vient nous conduire en avant !

— Non certes, je ne suis pas homme à faire cela, s'écria le vieux guerrier ; notre père Mazeppa ne trouvera pas le vieux Desmid Gordenko caché derrière le poêle quand les sabres feront de la musique pour notre danse. Puis, si quelque chose va mal, quoi de meilleur peut-il arriver à un vieux Cosaque, quand il n'est plus utile à la guerre, que de faire une bonne mort sur le champ de bataille, au lieu de terminer inutilement sa vie au coin du feu, comme un chien usé ? Mais je souhaiterais que le bon Père Grégoire fût ici pour nous bénir et prier pour nous, car le mal est proche pour nous tous !

Tous deux continuèrent alors à chevaucher en silence pendant que la pâle lueur de l'aube prenait une teinte cramoisie plus foncée et que le soleil se levait clair et sans nuage pour la première fois depuis plusieurs jours, inondant le ciel blafard et la plaine désolée d'une mer de lumière d'or ; c'était comme le lever de l'espérance au milieu même du désespoir.

— C'est tout comme si le Christ venait de ressusciter des morts ! dit le jeune Cosaque, tirant son bonnet avec respect.

Mais précisément alors, une longue ligne d'objets sombres s'avançant lentement commença à se lever entre lui et le soleil ; quelques instants de plus permirent au regard perçant de Dardoff de distinguer l'éclat de l'acier, puis des formes d'hommes et de chevaux.

— Hourra ! s'écria-t-il joyeusement ; ce doit être l'avant-garde de l'armée de mon père. En avant, camarade, allons à leur rencontre !

Ils partirent comme un trait ; mais à mesure que Dardoff approchait des cavaliers qui s'avançaient, il ralentissait le pas, stupéfait d'étonnement. Ces hommes, épuisés, abattus, découragés, dont beaucoup avaient la tête ou les bras bandés, pouvaient-ils être réellement les terribles Cosaques de l'Ukraine, avec qui il avait tout renversé devant lui sur maint champ de bataille ?

Tandis qu'il contemplait encore d'un œil audacieux ce morne spectacle, essayant d'étouffer le sinistre pressentiment auquel il craignait encore de se livrer, un cavalier seul sortit de la masse et poussa vers lui. Dardoff reconnut aussitôt la forme majestueuse et la figure imposante de son père. Mazeppa le reconnut au même moment et, jetant convulsivement son bras au cou du jeune Cosaque, il dit d'une voix rauque :

— Dieu est fâché contre ses Cosaques, mon fils ; *tout est perdu !*

Et alors, avec une rude simplicité qui en rendait encore plus forte l'impression terrible, le vieil Hetman fit le récit de ses malheurs. Comme il rassemblait des troupes et des approvisionnements pour sa marche de jonction avec les Suédois, Pierre le Grand, venant du nord avec cent mille hommes, avait fait irruption dans la région et mis toute l'Ukraine à feu et à sang. Les approvisionnements précieux avaient été détruits ou enlevés ; les meilleurs guerriers du Dniéper avaient été fauchés comme de l'herbe en deux batailles désastreuses ; sur une étendue de plusieurs mille carrés, pas un seul village cosaque n'était resté ; Mazeppa lui-même, avec six mille hommes seulement, avait gagné difficilement le camp suédois, non en allié victorieux, mais en fugitif hors la loi !

Cette destruction soudaine de leur dernier espoir de secours fit l'effet d'un coup de foudre sur Dardoff et sur son écuyer ; mais si le jeune ataman avait été moins pleinement absorbé par l'affreuse révélation qui dépassait tant ses craintes, il aurait facilement remarqué que le sentiment dominant tout chez son père envers l'homme qui lui avait donné ce coup mortel était une admiration étrange et sauvage.

— Je ne dirai jamais plus, dit-il, faisant un signe de tête expressif qu'un homme qui lit et écrit ne sait pas se battre. Ce Czar moscovite est un homme malgré tout ; partout où il a passé, vous pouvez faire rouler une boule il n'y a plus ni maison, ni jardin, ni mur, ni haie ; il a fait prisonniers une centaine de nous autres Cosaques et les a tous fusillés de suite après la bataille ! Oui, on ne peut le nier, c'est un *homme !*

Dans l'intervalle, l'avant-garde en désordre de Mazeppa était arrivée ; un vieux Czech ruthène des bords de la Podolie s'y trouvait. Du moment qu'il aperçut Dardoff il tressaillit violemment, et, poussant son cheval vers lui, lui demanda avec une émotion qu'il ne pouvait déguiser :

— Au nom du Ciel, jeune homme, qui êtes-vous ?

— Je suis le fils de l'hetman, dit le jeune cosaque quelque peu surpris, et mon nom est Dardo.

— Le fils de l'hetman ! fit écho le vieillard d'un air désappointé, alors je ne fais que rêver ; mais quand je vous ai vu là, il me semblait que mon vieux maître le prince Kavalegi, du château de Nagy-Varad, était ressuscité des morts.

Dardoff ne fit que rire, pensant que cette vieille cervelle devait être légèrement dérangée ; mais Mazeppa trahit un trouble extraordinaire, tout à fait comme lorsque Jacques Scobell avait remarqué le manque absolu de ressemblance entre son fils et lui. Il ordonna sévèrement au Czech « de cesser ses contes de fou, » et, piquant de l'éperon sans miséricorde son cheval fatigué, il galopa jusqu'au camp avec Dardoff, laissant les autres suivre comme ils le pouvaient.

. . . .

Il est inutile de nous attarder à suivre la lutte mortelle qui a donné à ce terrible hiver une place ineffaçable dans l'histoire. Ainsi que Scobell l'avait prédit, les deux armées continuèrent la campagne pendant les terribles gelées de l'hiver en son plein, défiant le froid et la maladie, comme si les lois de la nature même devaient céder à la fermeté inflexible des deux souverains. Mais la nature fut plus forte que l'homme, et lentement mais sûrement ces armées condamnées d'avance fondirent comme la neige au soleil.

Les Suédois, chez qui aucune souffrance ne pouvait éteindre le courage inné de cette vaillante race du Nord, désiraient ardemment combattre, et Charles XII, alarmé de la disparition progressive de ses forces, faisait tout son possible pour amener un grand combat. Mais le Czar, froid et avisé, n'était pas homme à risquer en bataille rangée ses recrues toutes fraîches contre les vétérans de la plus belle armée de l'Europe.

Tout en épuisant l'ennemi par de continuelles escarmouches et attaques de nuit, dont chacune enlevait quelques hommes aux forces amoindries des envahisseurs, il évitait soigneusement un engagement général, laissant le froid et la famine accomplir leur œuvre.

Au milieu de cet excès d'infortune, l'inflexible roi de Suède restait toujours aussi résolu et obstinément attaché à ses projets que lorsqu'il entrait triomphalement à Smolensk quelques mois auparavant. Au plus fort du froid, durant ce fatal hiver, il dormait encore sur la terre nue enveloppé de son manteau et partageant avec ses hommes les maigres rations de pain noir et malsain, si dur qu'il devait être ramolli au feu afin de pouvoir être mangé ; et cet homme de fer déclarait gaiement que la diète forcée lui convenait tellement qu'il ne s'était jamais trouvé mieux de sa vie. Par malheur, cette déclaration ne pouvait rendre la vie aux 2,000 braves, morts de froid sur les landes glacées de l'Ukraine, entre Noël et la mi-février.

Mais au moment où la misère écrasante semblait trop grande pour être supportée, arriva un soulagement inespéré. Le Czar, voyant qu'il avait arrêté pour quelque temps les progrès de l'ennemi et que tenir campagne plus longtemps serait détruire sa propre armée, se retira dans des quartiers d'hiver.

Quelques jours plus tard, l'infatigable Mazeppa, qui avait parcouru toute la contrée en quête de vivres et de renforts, arriva avec d'abondantes provisions et une troupe nombreuse, quoique indisciplinée, de Cosaques, Roumains, Valaques, Czechs et autres sauvages habitants des frontières que l'espoir du pillage ou l'amour des combats attiraient sous la bannière de la Suède.

Une nouvelle espérance ranima ces hommes défaillants qui semblaient abandonnés au désespoir ; puis avril succéda au mois de mars, mai arriva à son tour, et le temps plus doux rendit force et entrain à l'armée entière. Enfin, l'été ayant commencé, le Czar alla dans le nord réunir de nouvelles troupes ; pendant ce temps, Charles traversa rapidement le Dniéper une fois encore pour s'emparer des vivres et munitions laissées dans la forteresse de Poltava, où Pierre avait envoyé Natalie pour qu'elle soit hors du théâtre de la guerre !

.   .   .   .

Le siège durait depuis plusieurs jours déjà, et l'atmosphère lourde, suffocante d'un chaud après-midi de juillet accablait la ville investie ; dans une des principales maisons, une dame était assise près d'une fenêtre entr'ouverte ; elle regardait tristement tantôt un homme de haute taille qui allait et venait sur le rempart voisin, tantôt une fillette malade au visage enfiévré qu'agitait une toux incessante.

Cet homme était son mari, le général Scheremetieff, commandant de la garnison ; l'enfant malade était la pauvre Natalie, terrassée par la fièvre qui faisait rage dans la ville.

— O Praskovia Nikolaieowa, gémissait l'enfant, empêchez-les de claquer les portes comme cela, cela me fait si mal à la tête !

La dame soupira en embrassant la petite malade, car le bruit dont se plaignait Natalie était le son des canons suédois. Quoique la perte d'un grand nombre de chevaux ait forcé les assiégeants à abandonner une partie de leur artillerie, ils avaient encore quelques légers canons avec lesquels ils battaient la ville en brèche jour et nuit, appuyant leur canonnade de furieux assauts, chaque fois que le feu des défenseurs venait à faiblir.

Les braves Russes résistaient avec vigueur ; mais comme on ne s'était pas attendu à voir la place attaquée, la garnison ne comptait, dès le début, que neuf cents hommes, et elle était maintenant diminuée par l'épidémie qui augmentait et le carnage incessant. Le brave commandant commençait à désespérer de pouvoir résister encore, à moins que le Czar ne vînt au plus vite à la rescousse.

Natalie s'agitait encore et gémissait, haletant convulsivement faute d'air ; mais le temps était de plomb, sans brise aucune, et Mme Scheremetieff, ayant vainement essayé d'apaiser la souffrance fiévreuse de la malade, murmura avec désespoir :

— Dieu nous aide tous !

On eût dit que cette prière était exaucée, car, à l'instant même, quoiqu'elle ne le sût pas, un étrange revirement de la fortune s'opérait en leur faveur.

Un cavalier suédois venait de traverser seul l'espace entre la ville et les batteries ennemies : puis, passant si près du mur qu'on l'aurait cru ou ignorant ou complètement insouciant du danger, il continua à inspecter comme s'il faisait une reconnaissance pour un nouvel assaut. Son costume était un simple

uniforme de dragon; mais le respect avec lequel chacun lui avait fait place, quand il s'était avancé, n'avait pas échappé au vaillant commandant russe, qui dit à un soldat près de lui :

— Tire sur cet homme, Pashkoff; ce doit être un personnage important.

Le Russe tira, mais le cavalier solitaire, qui n'était autre que le roi de Suède lui-même, demeura droit sur sa selle.

— Tu l'as manqué, maladroit ! cria Scheremetieff irrité.

14

— Pardon, Excellence, je dois l'avoir touché, dit le mous-
quetaire avec assurance, car il a fait une drôle de grimace.

On eût dit qu'il s'était trompé, car Charles XII continua sa
promenade sans s'émouvoir et alla reconnaître l'autre côté de
la ville. Il y fut rejoint, une demi-heure plus tard, par Mazeppa
et Dardoff avec une poignée de leurs hommes, qui étaient allés
en éclaireurs selon leur habitude. Comme le vieil hetman
venait faire son rapport, il vit tout à coup du sang couler à
travers la haute botte du roi !

D'un bond de son cheval, Mazeppa fut à côté du blessé,
juste à temps pour l'empêcher de tomber à terre. Sachant
combien la nouvelle de ce désastre, si elle se répandait, ôterait
tout nerf à l'armée, le vieux et avisé Cosaque roula le roi
dans son propre manteau, de manière à cacher sa figure ; puis,
le soutenant d'un côté pendant que Dardoff l'appuyait de l'autre,
l'amena au camp sans que personne eût le moindre soupçon
de ce qui était arrivé.

Les chirurgiens appelés en hâte, parurent très inquiets après
l'examen de la blessure, et Charles, lisant sur leur visage ce
qu'ils n'osaient exprimer, dit aussi fermement et impérieusement
que jamais :

— Eh bien ! qu'est-ce ? Faut-il couper la jambe ?

Nous le craignons, Sire, balbutia le chirurgien en chef, car
il ne semble pas qu'il y ait d'autre moyen d'empêcher la
gangrène. La blessure est très grave et l'os lui-même a été
atteint.

— Qu'il plaise à votre Majesté de me laisser regarder le
mal, dit une voix profonde derrière eux.

C'était celle du docteur Neumant, un des plus habiles chirurgiens de toute l'armée, qui venait d'entrer sous la tente royale.

— Il me paraît, ajouta-t-il après une inspection attentive,
que si Votre Majesté me permet de faire quelques incisions
profondes, je puis sauver le membre.

— Le pouvez-vous ? cria Charles. Taillez alors aussi profond que vous voudrez ; n'ayez pas peur !

Alors, cet homme de fer, tint fermement le membre blessé
de ses deux mains, et tandis que le couteau labourait sa chair
tressaillante, il regardait, aussi indifféremment que s'il voyait
faire une dissection, et donnait avec calme et en termes clairs,
à ses officiers frissonnants des ordres pour un nouvel assaut
sur Poltava.

L'attaque bravement menée et aussi bravement soutenue
fut enfin repoussée ; car, n'ayant plus à la tête leur roi fougueux
et indomptable, les Suédois perdirent de leur force irrésistible.
Toutefois, les pertes des défenseurs furent si lourdes qu'ils
n'avaient plus assez de soldats pour faire le service du rempart,
et le commandant même sentit que l'assaut prochain serait le
dernier.

Le cœur du vaillant général Scheremetieff se serra le matin
à l'aube, quand il fit une visite plus que hâtive à sa femme
malade et à la pauvre enfant qu'elle soignait, il pensait au
sort affreux qui les attendait toutes deux entre les mains
des sauvages habitants des frontières, qui formaient la masse
principale de l'armée assiégeante.

Tout à coup, Natalie, qui avait eu le délire toute la nuit,
avec des alternatives de propos incohérents et d'insensibilité,
se leva à demi, et se baissa en avant comme si elle écoutait
avec attention intense quelque son lointain.

— Ils viennent.... ils viennent à la fin ! dit-elle d'une voix
basse et creuse ; l'oncle Pierre vient nous sauver avec tous ses
hommes. Je savais qu'il ne manquerait pas... je savais qu'il
ne nous laisserait jamais tuer ! Allez lui dire de se hâter :
tout ira bien quand il viendra.

Ces paroles furent prononcées avec tant de conviction et
une ardeur si joyeuse qu'elles firent impression même sur le
général froid et peu crédule ; il sauta debout et monta rapide-

ment sur le toit de la maison, où s'élevait une tourelle à demi-détruite, son observatoire habituel.

Le soleil se levait, et ses premiers rayons lui découvrirent loin vers le nord, un énorme nuage de poussière, évoluant au-dessus de la vaste plaine à travers laquelle on apercevait, par intermittence, briller l'acier en nuée d'étincelles. Quelques minutes plus tard, la brise fraîche du matin dissipa un moment le nuage et Scheremetieff discerna clairement les uniformes vert-olive bien connus et l'étendart impérial de Russie.

CHAPITRE XV

Le dernier élan du lion.

Il était trois heures et demie du matin; on était au 8 juillet 1709, jour où devait se décider le sort de l'Europe orientale.

Les derniers mouvements préparatoires avaient été faits par les deux grands joueurs d'échecs dont les pièces étaient des vies humaines; la lutte finale était sur le point de commencer et son résultat devait être fatal à l'un ou à l'autre des belligérants, car les Suédois, s'ils étaient défaits, seraient rejetés plus bas dans l'angle formé par le Dniéper et le Vorskla, sur lequel se trouve Poltava, et seraient ou tués, ou faits prisonniers, ou noyés dans les fleuves impétueux; tandis que si les Russes étaient battus, Poltava tombait : ses magasins ravitaillaient les envahisseurs affamés, et le chemin de Moscou leur était ouvert.

Les Russes, quoiqu'environ trois contre un (70,000 contre 24,000) ne se sentirent guère rassurés, car tous les événements des derniers mois ne pouvaient dissiper complètement la terreur inspirée par ces Suédois invincibles qui s'étaient frayé un chemin jusqu'au cœur de la Russie, malgré tous les désavantages de nombre et de position, et n'avaient été arrêtés que par la gelée et la faim, et non par les armées russes.

Plus d'un homme courageux, dans l'armée de Pierre, sentit son cœur battre quand la première lueur de l'aube annonça le jour qui devait décider du sort d'un Empire.

— Des retranchements paraissent ne servir à rien contre ces imbéciles de Suédois ! grommela un officier de grenadiers aux traits durs ; ils n'ont pas le bon sens d'avoir peur, même quand ils ont le danger sous le nez ; et si nos hommes prennent ici une panique comme à Grodno et à Minsk, c'en est fait de nous !

— Bah ! cria un autre ironiquement, penses-tu qu'ils soient assez fous pour nous attaquer *ici* ? Regarde nos batteries, elles ont dix canons contre un des leurs ? Comptes-y, ils attendront que nous les attaquions, et nous ne les ferons pas attendre longtemps !

A peine cette fanfaronnade était-elle lancée qu'un bruit étrange comme le clapotement de la pluie sur des feuilles mortes y répondit ; ce bruit devint plus fort et plus proche, puis retentit comme le grondement du tonnerre, et tout à coup le demi-jour sombre sembla envahi par une onde de formes vagues et de têtes de chevaux couronnées d'acier flamboyant... les Russes étaient cernés par la cavalerie suédoise !

Bientôt le pauvre garçon qui avait ainsi parlé à la légère fut réduit en une masse informe par les sabots des chevaux au galop ; les Suédois avançaient toujours, renversant tout devant eux, dans l'ardente joie de se voir une fois encore opposés à des hommes qui pouvaient être tués ou blessés comme eux-mêmes, au lieu de lutter contre la tempête, les frimas insensibles et la famine impitoyable. Le premier régiment russe qui reçut le choc fut littéralement exterminé ; le second se débanda et prit la fuite, répandant une telle panique, que si le général Crentz avait été là, comme il était convenu, avec une seconde division de cavalerie suédoise, la bataille aurait été terminée avant d'être complètement engagée.

Mais Crentz, égaré dans l'obscurité, se trouva, lorsque le jour parut, loin du lieu où il devait agir et dans une position où il était tout à fait inutile.

L'arrivée des dragons de Kalooga, auxquels appartenait Walter Scobell, arrêta un moment de la déroute, mais ils furent bientôt dispersés ; Walter s'efforçait de les rallier, quand il vit son père, accouru sur le champ de bataille dès la première alarme, rouler sur le sol, avec son cheval blessé ! Notre héros s'élança à son secours, juste à temps pour expédier avec ses pistolets deux troupiers suédois qui accouraient vers l'homme terrassé. Mais d'autres l'entourèrent et Walter, abritant son père de son propre corps, venait d'être jeté sur les genoux par un coup plus fort, quand une détonation, sèche et retentissante comme un roulement de tonnerre, éclata soudain et l'essaim des assaillants s'évanouit comme emporté par le vent. La déroute de la cavalerie russe avait laissé intact un petit corps d'infanterie, formé de vétérans, dont le tir bien dirigé arriva juste à point pour délivrer les deux Anglais serrés de si près.

Furieux de cet arrêt, les Suédois s'élancèrent plus impétueusement que jamais et Walter avait à peine eu le temps de saisir et de traîner son père à demi évanoui dans le carré des fantassins russes, qu'un flot de cavaliers se précipita avec des hurlements sauvages contre les murs d'acier où ils furent reçus par le sinistre craquement de la mousqueterie.

Alors, le grondement du canon au centre russe montra que là aussi la bataille donnait son plein ; à peine les Suédois qui entouraient le général Scobell s'étaient-ils retirés devant de nouvelles troupes russes, qu'un aide de camp arrivait à toute bride apporter au général l'ordre du Czar d'amener aussitôt toutes les troupes qu'il pourrait réunir à la redoute Yekaterinoff, sur le point d'être enlevée par l'ennemi.

Scobell obéit de suite et il était temps, car déjà la bataille était presque perdue. L'infanterie suédoise, partageant le succès de la cavalerie, s'était élancée sur les batteries russes qui la couvraient de projectiles, et, en dépit de toute résistance, était entrée de vive force dans la grande redoute de Yekaterinoff, dont la perte devait couper l'armée russe en deux et rendre sa défaite certaine.

— Victoire! Victoire! hurlèrent les Scandinaves. Vive Charles XII!

— En avant, mes Suédois! répondit une voix faible sortant d'une légère litière, portée par quatre hommes au fort de la mêlée.

Dans cette litière gisait le roi de Suède blessé, car, quoique défaillant de douleur, il voulait être toujours au premier rang parmi les combattants.

Dans l'intervalle, Pierre le Grand, ayant dépêché des messagers dans toutes les directions pour amener des troupes fraîches, s'était jeté dans la mêlée, et, sans tenir compte des balles que lui attirait sa stature gigantesque, il essayait de rallier ses troupes débandées. Trois officiers avaient été tués à ses côtés; son habit était tout troué de balles et il perdait du sang par plus d'une blessure, mais il paraissait inconscient de la douleur comme du danger.

Tout à coup une clameur puissante retentit en arrière, annonçant l'arrivée des renforts du général Scobell; ceci rétablit pour un moment l'équilibre indécis du combat; mais bientôt le cri de guerre cosaque résonna, à son tour, dominant le fracas assourdissant; et Mazeppa, avec ses sauvages cavaliers, se rua dans la cohue. Dans le corps à corps qui suivit, le général croisa le fer avec Mazeppa lui-même, tandis que Walter abattait à ses côtés un fort et vigoureux cosaque; notre héros déconcerté le reconnut, au moment où il tombait, pour Demid Gordenko, qui avait favorisé son évasion sur le chemin de Wolkovo!

Mais avant qu'il eût le temps de voir que sa vieille connaissance était seulement étourdie, il rencontra un ennemi plus formidable.

Une balle perdue avait fait tomber le bonnet du Czar au fort de la bagarre, et Dardoff, reconnaissant avec un cri féroce de triomphe l'homme de la vie duquel dépendait le sort de la Russie, déchargea son pistolet droit vers la large poitrine de Pierre.

Mais, rapide comme la pensée, un grand corps décharné s'élança entre eux, reçut la balle et tomba mortellement blessé, chantant faiblement de son dernier souffle une variation du chant sauvage que le Cosaque superstitieux ne se rappelait que trop bien :

Et Dieu m'a entendu, Lui tout-puissant pour sauver ; et la gloire de la Suède a péri dans ma tombe.

— Mitka Blajenni! murmura Dardoff, avec un frisson. C'en est fait de moi maintenant, j'ai tué un prophète!

Et il fit faire volte face à son cheval, juste à temps pour échapper à l'attaque d'un officier russe qu'il gratifia par contre d'un coup si rapide et si fortement porté que la pointe émergea derrière le dos du Russe tandis que la poignée lui frappait la poitrine comme un marteau.

Comme l'homme touché chancelait sur sa selle, son bonnet tomba, découvrant au Cosaque, frappé comme d'un coup de foudre, le visage de son ami Walter Scobell!

— Vladimir, cria-t-il d'une voix qui retentit comme le rugissement d'un lion, t'ai-je tué?

— Pas tout à fait, dit en riant Walter ; c'est seulement passé à travers mes habits. Mais tu ferais mieux d'être loin d'ici, camarade, il t'en cuira, si le Czar t'attrape.

Mais avant que Dardoff, aidé par Walter, eût pu dégager son

sabre, une charge de dragons russes refoula les Cosaques à leur tour, séparant le général Scobell d'avec Mazeppa et coupant la retraite à Dardoff ; celui-ci désarmé et entouré, aurait été massacré à l'instant si un officier ne l'eût reconnu.

— Le fils de Mazeppa ! cria-t-il, en voilà une de capture, mes amis ! menez-le vite en arrière !

Le brave jeune homme fut entraîné, tandis que Walter se plongeait encore une fois au fort du combat, essayant de noyer dans le tumulte de la bataille la pensée déchirante qu'il avait contribué à mettre son libérateur entre les mains du despote qui avait juré sa mort.

Les dernières paroles du pauvre Mitka étaient prophétiques, car la bataille prenait meilleure tournure. L'arrivée des réserves russes accabla les Suédois épuisés, dépourvus de troupes fraîches pour les appuyer ; et Pierre, ayant repris les redoutes enlevées, renouvela la lutte dans la plaine au delà.

Au milieu du brouhaha et de la confusion de la bataille, avec le nuage de fumée qui lui cache tout, excepté la terre où il est debout, c'est plutôt l'instinct que n'importe quel signe extérieur qui dit au soldat si les choses vont bien ou mal ; cet instinct disait alors aux Russes, quoiqu'ils ne pussent voir que peu ou rien de la bataille générale, qu'ils commençaient à avoir le dessus.

Et, en effet, il en était ainsi ; car, tandis que la bataille faisait rage à une certaine distance de Poltava, le prince Menschikoff, appuyant entre la ville et les Suédois, était arrivé avec de nombreuses troupes par derrière. Le nombre supérieur des troupes du Czar et son artillerie puissante, à laquelle le peu de canons légers possédés par les Suédois ne pouvaient riposter efficacement, commencèrent maintenant à entrer sérieusement en ligne de compte ; et, peu à peu, la ténacité opiniâtre des Russes prévalut contre les efforts désespérés de leurs adversaires. Jusqu'au dernier moment, les vaillants

Suédois maintinrent leur ancien renom et se montrèrent les dignes compatriotes de Gustave-Adolphe ; mais leur valeur même fut réduite à l'impuissance et, vers deux heures de l'après-midi, toute l'armée battit en retraite. Le roi blessé, après que les porteurs de sa litière eussent été successivement tués jusqu'au dernier, fut saisi et entraîné lui-même hors du champ de bataille par quelques-uns de ses amis. Charles XII

Mais, rapide comme la pensée, un grand corps décharné
s'élança entre eux. (Page 217.)

avait beau grincer des dents dans sa rage impuissante, mais le soleil était encore au sommet de sa carrière que le feu avait cessé partout : tout était fini.

Jamais victoire ne fut plus complète. L'armée formidable qui avait été si longtemps la terreur de la Russie était entièrement détruite. Presque tous les généraux suédois étaient faits prisonniers et toute l'artillerie qui restait devint la proie du conquérant.

Lorsque le Czar victorieux, debout sur le champ de bataille qui avait sauvé son pays, vit les nuages de poussière rouler vers le sud-ouest, où la cavalerie russe pressait à bride abattue la fuite de Charles XII et de son escorte peu nombreuse, son visage fatigué s'éclaira de la reconnaissance profonde et solennelle de quelqu'un qui vient d'être soulagé d'un poids accablant, et il murmura :

— Dieu soit loué ! Les fondements de Saint-Pétersbourg sout enfin affermis !

Il disait vrai ; la Russie avait surmonté le dernier et le plus grand péril de son enfance ; désormais, comme Napoléon l'apprit plus tard à ses dépens, aucun conquérant ne pouvait la soumettre.

CHAPITRE XVI

A l'ombre de la mort.

Au milieu de l'excitation fiévreuse de la victoire, avec mille soucis le harcelant de tous côtés, le grand Czar trouva moyen, après être entré dans Poltava en triomphe, de visiter sur son lit de souffrance, sa petite protégée Natalie, qui commençait maintenant à se rétablir ; l'étreinte chaude et affectueuse des bras amaigris de l'enfant fut plus précieuse à son grand cœur aimant que toute la gloire de sa plus grande bataille.

Cette nuit-là Pierre recevait à sa table les généraux captifs, et, à la fin du dîner, il se leva, et, saluant ses hôtes, dit cordialement :

— Je bois à mes maîtres dans l'art de la guerre !

— Qui plaît-il à Votre Majesté d'appeler ainsi ? demanda le général suédois Sparre.

— Vous-mêmes, Messieurs, dit Pierre, car c'est en me battant constamment que vous m'avez enfin appris à vous battre à mon tour.

— S'il en est ainsi, répliqua le vaillant suédois en s'inclinant, ce n'est pas très reconnaissant de la part de Votre Majesté d'avoir été si dur pour ses maîtres aujourd'hui !

— J'ai confiance que dès aujourd'hui vous n'aurez pas lieu

de vous plaindre de la manière dont je vous traiterai, reprit le Czar en souriant. Comte Piper, dit-il au rusé diplomate, assis près de lui, je n'ai pas encore remercié Votre Excellence pour une information qui m'a rendu bon service dans la dernière campagne.

Et alors au milieu du rire universel, il raconta le stratagème par lequel Walter Scobell avait damé le pion au comte.

— J'aurais pu savoir, cria Piper, piqué au vif et tiré de sa placidité ordinaire par la pensée cuisante d'avoir trouvé plus fin que lui chez un garçon si jeune, que même un enfant élevé en Russie peut rivaliser en rouerie avec tout homme élevé ailleurs !

— Il en est précisément ainsi, dit finement Pierre, sans daigner relever le sarcasme ; voilà pourquoi j'ai banni les juifs de Saint-Pétersbourg, sachant bien que, s'ils étaient restés là, mes Russes leur auraient escroqué tout ce qu'ils avaient.

A ce moment, un officier russe entra dans l'appartement, et saluant l'Empereur, dit à voix basse :

— Quels ordres plaît-il à Votre Majesté de donner au sujet des officiers cosaques que nous avons pris ?

— *Tuez-les tous*, répondit Pierre du même ton, avec un visage si parfaitement calme qu'aucun de ses hôtes soupçonna qu'il venait de prononcer la condamnation de près de cent braves gens.

Environ vingt minutes plus tard Walter Scobell. ayant reçu l'ordre de se présenter à la table du Czar aussitôt après son service, rencontra sur sa route un peloton de mousquetaires au milieu desquels marchait son ami Dardoff, tête nue et les mains liées derrière le dos.

— Qu'est-ce que tout cela ? s'écria Walter, s'élançant vers eux.

— Excusez-moi, Vladimir Yakovitch, interrompit l'officier commandant le détachement, ami lui-même de Scobell ; aucune communication n'est permise, sauf ordre exprès de Sa Majesté, avec un prisonnier condamné à mort.

— A *mort !* répéta Walter en faisant un bond en arrière comme s'il avait reçu un choc inattendu.

— Oui, répondit le Cosaque captif ironiquement, votre Czar m'accorde, ainsi qu'à tous mes camarades, la même grâce que Charles de Suède a accordée à Patkul le Livonien. Il n'y a pas grande différence entre la générosité d'un roi et celle d'un empereur après tout !

— Mais cela ne doit pas être ! cria Scobell avec véhémence, Oisip (Joseph) Martinovitch, pour l'amour du Ciel, suspendez l'exécution jusqu'à ce que j'aie vu l'Empereur, j'y vais à l'instant.

Le Russe hésita :

— Je risque ma peau en faisant cela, dit-il enfin, mais vous êtes mon ami et je serais bien aise de sauver ce brave compagnon (car je l'ai vu à l'œuvre aujourd'hui) allez, je courrai le risque !

A peine avait-il parlé, que Walter volait au logement du Czar.

— Ah ! capitaine Scobell, énergique comme toujours, à ce que je vois ! dit Pierre quand notre héros entra rouge et hors d'haleine.

Mais Walter n'était pas d'humeur à faire échange de compliments.

— Votre Majesté a-t-elle réellement donné ordre d'exécuter tous les officiers cosaques ? demandat-il vivement, oubliant tout à fait, dans son excitation anxieuse, le flagrant délit d'indiscipline qu'il commettait ainsi.

— Quels que soient les ordres que je donne comme commandant en chef, ils ne doivent pas être contrôlés par mes officiers, répondit Pierre, fronçant le sourcil en entendant Scobell révéler à tous les convives un ordre qu'il voulait tenir secret jusqu'après son exécution. Rappelez-vous que vous n'êtes que capitaine dans l'armée russe.

— Je me rappelle que je suis *Anglais*, cria fièrement Walter, et je parle comme un Anglais doit le faire. J'ai une fois sauvé votre vie, allez-vous me remercier en tuant mon vieil ami Dardo qui s'est exposé lui-même pour sauver la mienne ?

Tous les hôtes, russes ou suédois se regardèrent stupéfaits, car nul jusqu'alors n'avait osé parler ainsi au terrible Czar. Mais, au nom de Dardo, toute pensée de Walter et de sa présomption s'évanouit dans l'esprit de Pierre; la valeur hâtive du fils de Mazeppa avait attaché à son nom un renom merveilleux dans la Russie entière. A la nouvelle que l'un des deux hommes dont l'adhésion à la cause suédoise avait fait un mal si incalculable à la Russie, était enfin en son pouvoir, le grand œil noir de l'empereur flamboya comme celui d'un tigre affamé.

— Ainsi, murmura-t-il, si le vieux loup a échappé, j'ai au moins son petit, et il ne m'échappera pas.... Si cet homme n'avait fait mal qu'à moi seul, ajouta-t-il à haute voix, je pourrais lui pardonner ; mais il est ennemi de la Russie, il doit donc mourir! Quant à vous, capitaine Scobell, je ne vous blâme pas d'avoir voulu défendre votre ami ; mais en osant blâmer mes ordres, vous avez commis une infraction à la discipline qui ne doit pas rester impunie. Rendez votre épée, et considérez-vous comme étant aux arrêts jusqu'à nouvel ordre.

Le courageux jeune homme serra un instant la poignée de son épée comme s'il était tenté d'en faire un usage très différent ; mais un regard significatif de son père l'arrêta, et il obéit.

Alors le général Scobell, qui s'était levé et rapproché du Czar, lui dit à voix basse :

J'ai entendu dire que ce garçon était pris, dit l'hetman. (Page 233.)

— Votre Majesté veut-elle m'accorder un instant d'entretien sur une affaire qui concerne le bien de la Russie ?

Un semblable appel n'était jamais adressé en vain à Pierre le Grand ; il emmena le général à part et écouta attentivement les quelques paroles qui, quelles qu'elles fussent, semblèrent l'étonner grandement.

— Etes-vous sûr de ce que vous dites-là, général ?

— Parfaitement sûr, Sire..., ce sont ses propres paroles ; quant à la ressemblance, si Votre Majesté a jamais rencontré l'homme dont je parle, Elle n'aura qu'un coup d'œil à jeter sur le jeune guerrier pour constater la similitude des traits aussi aisément que je l'ai vue moi-même.

— Ceci doit être considéré de suite, dit Pierre avec emphase. Alexandre Vasilievitch, ajouta-t-il en se tournant vers le prince Menschikoff, ayez la bonté d'entretenir mes nobles hôtes pendant que je m'occupe d'une affaire réclamant un examen attentif. Général Scobell, suivez-moi.

Pendant ce temps, l'officier chargé de Dardoff, ne voyant pas revenir Walter, devenait anxieux sur son propre sort, si son retard à exécuter les ordres du Czar était remarqué.

Il avait enfin commandé de procéder à l'exécution ; les mousquetaires étaient alignés, la victime debout en face d'eux, et le signal de la décharge mortelle allait être donné quand une estafette arriva au galop, avec l'ordre d'amener aussitôt le captif au Czar.

Introduit en présence de Pierre, Dardoff le trouva avec le général Scobell seul, et, un instant après, Walter fut amené par l'officier qui l'avait arrêté, mais qui resta hors de la salle.

A peine Walter fut-il entré qu'il s'élança vers son ami, lui saisit les mains et cria, insouciant de la présence du Czar et de sa propre situation :

— Pardonne-moi, mon brave ami, de t'avoir mis dans cette

mauvaise passe; je voulais te laisser échapper, mais ces misérables soldats sont accourus et ont tout gâté!

— Vous semblez oublier, capitaine Scobell, que vous êtes aux arrêts, interrompit Pierre, cachant sous un air de sévérité exagérée, une extrême envie d'éclater de rire.

— Aux arrêts! répéta Dardoff, se tournant vers le Czar avec un regard brillant comme le scintillement d'une épée, aux arrêts pour avoir essayé de me sauver! Entendez-le, Piotr Alexievitch, tuez-moi si vous le voulez, mais ne le touchez pas; il vous était fidèle avant même que vous eussiez vu son visage, malgré mes efforts pour l'attirer vers la Suède, et si vous touchez à un cheveu de sa tête, tout honnête Cosaque vous méprisera comme un lâche ingrat.

— Chut, par pitié! chuchota le général Scobell.

— Je ne me tairai pas! cria l'intrépide Cosaque d'un air de défi, mon père est hors de son atteinte, et je ne me soucie guère de ce qu'il peut faire de *moi*. Un ataman cosaque sait mourir, et j'avalerai ses balles comme j'ai avalé son pain et son fromage à Sosnovka!

Ces derniers mots, prononcés par pure bravade, eurent un effet auquel Dardoff ne s'attendait pas; le Czar se rappela comment ce condamné avait été son hôte et comment la petite Natalie l'embrassait et semblait heureuse de son arrivée. Quand sa petite favorite demanderait des nouvelles de son compagnon de jeu et apprendrait qu'il avait été impitoyablement mis à mort par l'empereur, le doux visage que Pierre aimait tant ne se détournerait-il pas de lui avec horreur et aversion?

Pendant un moment, la résolution de cet homme rigide faiblit, mais il redevint bientôt ferme comme le roc.

— Vous êtes un brave, fils de Mazeppa, dit-il, à cause de votre courage je vous accorde une requête avant votre mort.

— Epargnez mon ami Scobell, alors, répondit vivement Dardoff.

— Il n'est pas besoin de me demander *cela*, cria Pierre en fronçant le sourcil, je ne suis pas un sultan turc pour détruire mes meilleurs serviteurs, dès qu'il leur arrive de me déplaire. Il aura la punition qu'a méritée son offense, et rien de plus. Demandez autre chose.

— Eh bien, dit le jeune ataman, je demande que, quand vous m'aurez tué, vous m'enterriez dans la steppe libre pour que l'herbe sauvage se balance au-dessus de ma tête et que j'entende sur ma tombe le galop des chevaux de l'Ukraine, quand les Cosaques courront au combat.

Une fois encore la morne froideur du visage de Pierre s'adoucit en un éclair de franche admiration. Il s'avança vers le captif comme s'il voulait parler ; mais, se remettant promptement, il dit avec calme :

— Emmenez-le et gardez-le bien ; demain je le verrai de nouveau.

Quand le jeune Cosaque fut parti, Pierre posa une série de questions à Walter Scobell, pour savoir si, durant son intimité avec Mazeppa et Dardoff dans l'Ukraine, il n'avait pas vu ou entendu quelque chose qui pût lui faire douter qu'ils fussent réellement père et fils.

Mais la stupéfaction non affectée du jeune homme aurait suffi à prouver, même sans ses franches dénégations, qu'une telle pensée ne lui était jamais venue à l'esprit. Le Czar, voyant qu'il n'avait rien à dire, le renvoya dans ses quartiers, toujours sous arrêts.

— Vous voyez, général Scobell, dit Pierre, que jusqu'ici, le cas repose uniquement sur votre assertion personnelle et les quelques paroles précipitées de Mazeppa, que peut-être vous avez mal comprises. Je vois parfaitement la ressemblance moi-même, mais cela ne prouve rien ; il y a un homme de ma garde dont la figure ressemble à la mienne comme deux gouttes d'eau. Cependant, pour que vous ne puissiez pas me croire

injuste ou ingrat, je retarderai l'exécution de cet homme pendant deux jours, afin que vous ayez le temps de recueillir de
nouvelles preuves, et si vous pouvez me convaincre qu'il n'est
réellement pas le fils de Mazeppa, mais le prince Karelyi, du
château de Nagy-Varad, je l'épargnerai; sinon, il doit mourir!

Le jour suivant, pendant que le Czar était occupé à disposer
des prisonniers suédois et des blessés appartenant aux deux
armées, le général Scobell, auquel libre accès avait été accordé
auprès du Cosaque captif, apprit en causant avec Dardoff
comment le vieux Czech en arrivant au camp de Suède avait
tressailli à la vue du jeune ataman, et avait dit qu'il était la
vivante image de son ancien maître le prince Karelyi de Nagy-
Varad. C'en fut assez pour le général qui s'empressa d'aller
voir si cet homme ne se trouvait pas, par hasard, parmi les
prisonniers, où, à sa grande joie, il le découvrit enfin.

Mais il se réjouissait trop tôt; le Czech put seulement lui
raconter ce qu'il savait déjà en partie : l'incendie du château
de Nagy-Varad par les Turcs environ vingt ans auparavant, —
la mort supposée de la princesse Karelyi et de son fils dans
les flammes, — celle du prince lui-même qui, dangereusement
blessé sur le Bas-Danube, avait été si abattu par la terrible
nouvelle qu'il était mort peu après; faute d'héritier direct, ses
vastes domaines étaient passés aux mains d'un parent éloigné
dont la mort récente avait laissé le château sans maître et les
vassaux de Karelyi sans seigneur.

Quoique le vieux guerrier eût été frappé à première vue par
la ressemblance dont le Czar lui-même avait été impressionné,
il ne pouvait aucunement prouver que le fils supposé de
Mazeppa fût réellement l'héritier du prince Karelyi. La seconde
nuit arriva et l'infatigable général lui-même commença à désespérer, et ne pensa plus qu'à obtenir un nouveau délai à
l'exécution, afin de laisser à la colère du Czar le temps de se
calmer.

Il aurait peut-être réussi en cela, mais, par une fatale malchance, un troupier russe apporta au point du jour la nouvelle que, quoique la plupart des fidèles du roi de Suède eussent été capturés, Charles lui-même avait franchi le Dniéper grâce à l'habileté de Mazeppa qui était avec lui en sûreté sur le sol turc. Ce rapport éveilla la rage inassouvie de Pierre contre l'hetman détesté; aussi, en dépit des instances du général Scobell qui exposa courageusement sa vie en faveur de son jeune ami, l'exécution de Dardoff fut fixée au prochain coucher du soleil.

Walter, toujours consigné, était au désespoir en entendant le pas mesuré des mousquetaires qui passaient, et, la tête cachée dans les mains, il se jurait de ne plus jamais tirer l'épée pour Pierre le Grand. Les plus rudes soldats du camp eux-mêmes n'étaient pas insensibles au sort d'un guerrier si jeune, si brave et déjà si renommé; il leur semblait juste qu'il mourût, sans doute, puisque « leur père le Czar » l'avait commandé, mais ils le plaignaient quand même et les sentinelles, en voyant le soleil descendre vers le point fatal, murmuraient avec compassion.

— Dieu aie pitié de son âme!

L'une de ces sentinelles aperçut tout à coup une ombre mouvante sur la plaine immense, ombre trop grande pour être un oiseau et ressemblant fort à un cheval sauvage; elle prit bientôt la forme d'un cavalier solitaire, parcourant l'espace avec la rapidité d'un vent d'orage; quelques instants plus tard, l'étranger, arrêtant son cheval près du soldat, cria avec une impatience fébrile :

— Où est le Czar ? Je dois lui parler immédiatement !

— Et que voulez-vous à notre père? grogna le russe en menaçant de son mousquet l'intrus dont les habits déchirés et couverts de poussière, les traits hagards, les yeux sanglants étaient certainement peu rassurants. — Partez, vous êtes peut-être envoyé pour l'assassiner !

— Je lui apporte ma vie et non sa mort, dit l'étranger avec un rire farouche, je suis l'hetman Mazeppa !

— Mazeppa! répéta le soldat ironiquement, me prenez-vous pour un idiot? Mazeppa ne serait pas assez fou pour venir ici. Donc, arrière, où je fais feu !

— Chien, rugit l'inconnu, oses-tu me retarder quand la vie ou la mort sont en question à chaque instant? Laisse-moi passer ou....

Sa main avait saisi un pistolet et un moment plus tard la sentinelle défiante aurait été réduite au silence par un coup tiré à bout portant; quand, heureusement, le bruit de la dispute parvint à l'oreille de Scobell qui, le cœur navré, avait franchi les limites du camp pour échapper à la vue de la sinistre tragédie.

— Mazeppa! cria-t-il, bondissant vers son vieil ami.

— Vit-il encore? demanda Mazeppa, écrasant la main de l'Anglais dans la sienne.

— Oui, mais hâtez-vous, pour l'amour du Ciel ! chaque moment est précieux. . . . .

. . . .

Dardoff regardait en face, sans faiblir, les mousquets qui le menaçaient; il répondit au coup d'œil sévère du Czar par un regard de défi, quand l'officier de service commanda:

— Garde à vous ! en joue !....

Mais avant qu'il eût le temps de prononcer le cri fatal de « feu! » un galop retentissant et furieux se fit entendre, et Pierre, faisant signe à l'officier de suspendre l'exécution, se retourna pour se trouver vis-à-vis de deux cavaliers haletants que le jeune condamné reconnut d'un coup d'œil.

— Père, cria-t-il d'un ton de reproche : pourquoi avez-vous mis le cou dans la gueule du loup? il vaut mieux que je meure que vous !

Mazeppa, sans répliquer, sauta de son cheval et marcha

d'un pas ferme vers le Czar; les deux grands guerriers se contemplèrent alors un moment d'un air d'admiration réciproque, mais peu tendre toutefois.

— J'ai entendu dire que ce garçon était pris, dit l'hetman, et j'aurais été ici avant ce moment pour te donner sur lui un renseignement que j'ai caché jusqu'à présent, de peur qu'il n'amenât sa séparation d'avec moi; mais j'avais d'abord à faire franchir la frontière au suédois Charles, comme je l'avais promis; maintenant me voilà !

— C'était une aventure hardie et risquée, dit Pierre sèchement. Saviez-vous que j'avais fait vœu de planter votre tête sur un pieu, au-dessus de la porte du Kremlin à Moscou ?

— Je le savais, répondit le vieux guerrier simplement. Eh bien, moi, j'avais fait vœu de bourrer votre peau de son, et de l'envoyer autour de nos villages, pour en faire la risée des enfants !

Pierre rit tout haut, d'un rire sonore, à plein gosier, comme le grondement du lion, et ce rire semblait éclater dans cette scène sinistre comme un coup de canon dans les ténèbres.

— Il me semble que nous savons nous enseigner l'un à l'autre la courtoisie de guerre, dit-il; mais qu'avez-vous à me raconter sur ce garçon ?

— Eh bien, uniquement ceci : que si vous êtes en train de le fusiller parce qu'il est mon fils, vous gaspillez votre poudre, car il n'est pas plus mon fils que vous ne l'êtes !

— De qui donc est-il fils, alors ? demanda le Czar, en échangeant un coup d'œil rapide avec Scobell.

— Ah! voilà plus que je ne puis dire : je l'ai pris il y a longtemps à quelques bandits turcs que j'ai rencontrés en revenant d'une expédition en Podolie; leur chef, quand je l'abattis, avait à son arçon un paquet, qui pouvait, je l'espérais, du moins contenir quelque trésor; mais, au lieu de cela, c'était un petit enfant, enlevé, je suppose, pour en tirer rançon. Si cela avait été une fille je l'aurais jetée; mais c'était un garçon et j'ai cru que ce serait amusant de l'élever de façon à en faire un guerrier. Je le fis, et le voilà ici !

— Et quand ceci est-il arrivé? demanda Pierre.

— En 1689, le jour de saint Dardo, l'ermite, d'après qui j'ai nommé l'enfant.

— Juste après l'incendie du château de Nagy-Varad, chuchota Scobell au Czar.

— Et sur le cou de l'enfant était cet objet, que j'ai gardé pour lui, jusqu'à ce qu'il devînt un homme, poursuivit Mazeppa montrant une croix et une chaîne d'argent.

Simultanément le Czar et le général Scobell tressaillirent en reconnaissant sur l'agrafe en forme de colombe les armes bien connues de la famille Kavelyi, et Pierre cria fébrilement :

— Allez chercher Laszylo le Czech.

On fit promptement venir le vieux Czech qui avait d'abord indiqué la ressemblance de Dardoff avec le prince Karelyi. Celui-ci, ayant examiné le bijou, déclara qu'il avait appartenu à sa défunte maîtresse; celle-ci l'avait lié autour du cou de son enfant après le baptême. Le témoignage était complet et concluant.

— Déliez le prisonnier, cria Pierre aux soldats ; ma parole est sacrée, et il y aura du moins un brave de plus au monde!

— C'est bien pour lui et pour toi, dit Mazeppa fièrement; car quand il sera maître du château-fort de ses pères, avec les gars de la Steppe pour garnison, son château sera un fouet dans ta main pour chasser de ta porte les Turcs et les Lyakhi (Polonais). C'est la volonté de Dieu que l'Ukraine t'appartienne, et le prince Karelyi est maintenant ton soldat; partout où il ira, il y a mille vigoureux cavaliers sur la steppe qui ne seront pas loin. Seras-tu bon pour lui?

— Que Dieu me traite comme je le traiterai! dit le Czar inclinant respectueusement sa noble tête.

— Cela suffit, répondit Mazeppa, je te le laisse, et il te servira bien. Quant à moi, mon ouvrage ici est terminé, et je pars!

— Non, il n'en sera pas ainsi, hetman de l'Ukraine! cria Pierre tendant franchement sa robuste main à son ancien ennemi; pourquoi partiriez-vous? Restez avec nous, et que vos Cosaques suivent leur propre hetman en combattant pour la vraie Église et la sainte Russie; ils n'auront jamais un meilleur chef que vous!

— Tu es un homme brave et bon, Czar de Moscou, dit le vieux guerrier saisissant la main offerte avec une vigueur qu'on n'aurait pas attendue d'un vieillard de soixante-dix ans, mais cela ne se peut pas. Un Cosaque ne revient jamais sur sa parole et j'ai juré d'être fidèle aux Suédois jusqu'à la mort. Du reste, que ferais-je dans l'Ukraine maintenant? Toutes nos vieilles mœurs cosaques se corrompent, les mauvaises habitudes se glissent partout, les hommes sèment du blé, élèvent des moulins, bâtissent des maisons, ils pensent plus à leurs moulins et à leurs moissons qu'à tuer les Turcs ou piller les catholiques, comme tout chrétien devrait faire. C'est un monde nouveau où il n'y a plus de place pour le vieux Cosaque!

Alors, allant à Dardoff, il jeta ses deux bras au cou du jeune ataman.

— Adieu, enfant! dit-il d'une voix rauque, nous ne nous rencontrerons plus. J'ai fait de toi un guerrier, et je n'aurais pas fait plus pour toi si tu avais été mon fils. Sois heureux et souviens-toi quelquefois du vieux Cosaque que tu as appelé « père! »

Il dit; puis se détournant brusquement, éperonna son cheval et disparut comme un fantôme dans les ombres de la nuit.

. . . .

Jamais plus, aucun de ceux qui contemplaient cette scène émouvante ne vit la face du grand Mazeppa ; mais quand il mourut quelques années plus tard, vieux, épuisé, découragé, prisonnier volontaire entre les mains des Turcs, pour l'amour du roi obstiné et ingrat qu'il avait trop bien servi, chacun d'eux déplora sincèrement sa triste fin.

Son fils adoptif fut plus fortuné ; l'œil clairvoyant du Czar embrassa d'un regard l'avantage qu'il y aurait à planter au côté des Turcs et des Polonais ses ennemis, une épine semblable à la forteresse de Nagy-Varad, détenue par un guerrier tel que Dardo, devenu prince de Karelyi. L'ancien château fut reconstruit ; puis, après la pacification de l'Ukraine et l'enrôlement définitif de ses sauvages cavaliers parmi les sujets de la Russie, le jeune prince choisit pour la défense de sa forteresse la fleur de ses anciens camarades cosaques, y compris le vieux Gordenko, et, tout en se familiarisant peu à peu avec les raffinements de la civilisation, il justifia pleinement le renom de valeur qu'il avait conquis dans les steppes du Dniéper.

Le général Scobell partagea quelques années plus tard tous les périls des campagnes turques de Pierre le Grand, mais il survécut pour assister aux noces de son fils avec Natalie.

Ce fut le Czar lui-même qui conduisit à l'autel la fiancée, devenue une belle jeune fille de dix-neuf ans.

De cette union naquit un des plus grands hommes dont s'honore la Russie, et qui a immortalisé le nom de Scobell sous sa forme russe, car le monde entier a retenti de la renommée du *général Skobeleff*.

FIN

TABLE

— Lille. Typ. A. Taffin-Lefort. 6.   —

www.ingramcontent.com/pod-product-compliance
Lightning Source LLC
Chambersburg PA
CBHW061447030726
47503CB00005B/1606